三度目の殺人

是枝裕和
佐野 晶

宝島社
文庫

宝島社

もくじ

三度目の殺人

本当は、なんで殺したと思ってるんですか？
本当のことに興味はないかな、あなたは――。

1

横浜の赤煉瓦倉庫の脇を通る広々とした道路を1台のタクシーが走っていた。

その後部座席には3人の男性が窮屈そうに座っている。ひとりが運転手の横の助手席に座ったほうが楽だが、運転手はいい顔をしないことが多い。横浜拘置支所までは30分ほどの距離だ。我慢できない時間ではない。3人とも背が高かったが、肥満という者はいない。多少窮屈でも並んで座っている。

3人はいずれも弁護士だった。重盛朋章《しげもりともあき》は、見慣れた横浜の街を眺めている。横浜に住むようになって15年が経ったが、愛着というような感情は重盛にはない。そもそも何かに思い入れを持つタイプではないのだ。物にも、人にも。彼の心の多くを占めているのは〝仕事〟だ。

その隣に座っている若い弁護士が川島輝《かわしまあきら》だ。隣の摂津大輔《せっつだいすけ》が読んでいる起訴状を覗きこんでいる。

先輩である摂津と重盛に挟まれて真んなかに座っている川島は、身体を支えることができずにカーブのたびにグラグラと揺れていて、座り心地は最悪のようだ。

摂津はがっちりとした体躯で、半白のくせっ毛を後ろに撫でつけている。細い目は笑うとなくなってしまうが、起訴状を真剣に読んでいるその目には鋭さがあって、かつて検事として辣腕《らつわん》を振るっていたことが知れる。

川島は一昨年に司法修習を終えたばかりの駆け出し弁護士だ。大学卒業後も机にかじりつくようにして勉強し続け司法試験に合格した29歳だが、やや幼く見える。少年の面影を残しているといっても過言ではない。派手な目鼻だちだが、大人しい印象を受けるのは柔和な笑みのせいだ。

そして重盛は3人のなかで一番背が高い。中年の域に入っているが、端整な顔だちに〝ゆるみ〟はない。体重も平均以下を維持しているし、高価なダークスーツに身を包んだ姿はスタイリッシュとさえいえる。だがほとんど運動らしいことはしていない。彼は食事に喜びを感じないタイプの人間だった。だから空腹を満たすための必要最低限の量しか食べない。美食も求めない。常々彼が冗談まじりにいっているのは「メシは点滴でもかまわない」だ。その不精にして鈍感な食生活がスタイルを維持させているともいえる。

「貸して」

重盛がそういって手を伸ばした。

「ん？　はい」と摂津がピンクの紙製のファイルに綴じられた起訴状を渡す。

12月に入って早々に摂津が重盛に電話をしてきたのだ。挨拶もそこそこに摂津は「助けてくれ」と用件を切り出した。とある殺人事件で国選弁護人として摂津が指名されたのだが、被告人を持て余しているというのだ。

重盛は46歳、摂津は53歳と年齢は離れているが、司法修習の同期であった。修習後すぐに弁護士になった重盛は、いわゆる〝ヤメ検〟の摂津より弁護士として先輩であり、刑事弁護を手がけた数も圧倒的に多かった。当然ながら主任弁護人になるのは重盛だ。

起訴状にはたいしたことは書かれていない。だがいちおう、目を通しておく必要があった。

被告人の氏名、生年月日、住所などに、被告人が犯したと疑われる犯罪、その犯罪に対する罪名及び罰状が記載されているだけだ。証拠の類もいっさいない。裁判官が最初に事件に接する書類なので、予断が生じないように、という理由からだ。
重盛は起訴状から読み取れる範囲で、殺害現場での状況を想像力を働かせて頭に思い浮かべた。

公訴事実
被告人は山中光男《やまなかみつお》（当時50歳）を殺害して……

多摩川の神奈川県側の河川敷を男がひとり歩いていた。
男の服装は作業着の下にワイシャツを着てネクタイを締めている。10月も半ばに近いと夜も冷えてくる。しかも時間は深夜12時を回っていた。かなり冷えていたが、男は楽しげに見えるほどに、のんびりした表情でズボンのポケットに両手を突っこんでブラブラと歩いていた。

その背後に別の男の姿があった。前を歩く男の呑気そうな表情とは対照的に、その男は険しい顔をしている。

男は音もなく迫ると、ジャンパーのなかに隠し持っていた大型のスパナを取り出して、振りかぶり、男の後頭部に思いきり叩きつけた。

鈍い音がして前を歩く男が「ウワ」と弱々しい悲鳴をあげて倒れる。

倒れた男に馬乗りになって、なお何発も頭をめがけてスパナを振り下ろした。

殴られた男は動かなくなったが、殴った男は今度は首を締め始める。

すると、倒れた男は、苦悶して手足をバタバタと動かした。だがそれも長くは続かなかった。

馬乗りになった男はなおも首を締め続ける。

対岸では深夜の東京の街のあかりが静かにまたたいていた。

男はガソリンが入った缶を手にしていた。フタを開けると息絶えた男の身体にガソリンをかけ始める。

深夜の乗客を乗せた小田急線が多摩川橋梁を通過していく。だが車窓から男の姿と死体が見える距離ではない。男も電車に気づいている様子もない。入念にガソリンをかけている。

男は血まみれの手でマッチを擦った。暗黒のなかにオレンジの火が灯る。川を渡る風から火を守ろうと手で包みこんだ。男は慎重にその火を運ぶと、男の死体の上に火のついたマッチを放った。

オレンジの炎が立ち上がる。驚愕を張りつけたような死体の顔もすぐに炎にのみこまれていく。

焼ける死体を見つめる男の前を火の粉が舞い上がる。

その顔は、まるで獣のようだった。

男は左頬にべったりとついた返り血を手の甲でゆっくりと拭った——。

罪名及び罰条
第一　強盗殺人　刑法第二四〇条後段
第二　死体損壊　刑法第一九〇条

脚色が過ぎるか、と思いながらも、起訴状から重盛に犯行の状況を頭に思い描くことができた。

起訴状以外の情報も摂津から得ていた。すでに起訴されているので、供述調書を摂津は手にしている。

殺害されたのは有限会社山中食品という食品加工工場を経営する社長の山中光男で、殺害したのは三隅高司《みすみたかし》という山中食品の元従業員の男。ギャンブルにハマって借金があり、返済できなくなっていた。そこで会社の金庫から現金を盗んだが、社長にバレて、犯行以前に三隅はクビになっている。殺害の目的は社長が所持していた財布（時価10万円、現金37万3838円、及びキャッシュカード2枚入り）で、凶器のスパナとガソリンは食品工場から盗んだものだった。

社長は地域の工場の社長たちの定期的な寄り合いに参加した帰りで、飲酒していたことが確認されている。

殺害後、三隅はタクシーで調布駅に移動し、コンビニのキャッシュディスペンサーで社長のキャッシュカード2枚を使って金を引き出そうとしたが、暗証番号が違い引き出せなかった。その後、違法ギャンブル（ポーカーハウス）やパチンコに興じるなどして奪った金を使用。2日を公園などで野宿して過ごし、酒を飲んで調布駅周辺を歩いていたところを巡邏《じゅんら》警官に職務質問を受け、逮捕された。

ありふれた強盗殺人だった。いくらか怨恨《えんこん》の線でいけるかもしれないが、情状は弱い、と重盛は踏んだ。

摂津は情状酌量を狙っているようだが、無理筋だ、と重盛は思った。

三隅は30年前に北海道で強盗殺人で2人を殺害し、その家ごと燃やしているのだ。強盗殺人に現住建造物放火で無期懲役。昨年、仮釈放になったばかりだ。

強盗殺人に現住建造物放火で死刑にならなかったのは、どんな情状があったのだろう、と重盛はふと、思った。この事件の裁判長を務めた、自分の父親に問い合わせるのが早いだろう。

殺人は二度目だ。しかも仮釈放中でのことだ。もっとも無期刑だから三隅は生涯にわたって仮釈放の身ということになる。

当然、これは量刑にマイナスの影響を与える。難しい案件といえる。

タクシーのなかでも重盛と川島は摂津に事件については話さない。守秘義務の意識が自然と口を重くさせるのだ。沈黙のうちに、タクシーは拘置支所に到着した。

横浜拘置支所は横浜刑務所の一画にある。刑が確定していない刑事被告人が収容される施設だ。逮捕されたばかりの被疑者が入れられる警察署内にある留置所とも違う。刑務所と同様に分厚いコンクリートに埋めつくされた陰鬱な施設だ。だが刑事事件を多く手がけてきた重盛には通い慣れた場所だった。

受付で接見のために面会表にそれぞれが名前を書く。

「でも、強盗殺人、二度目ってけっこうエグいですね」

名前を書きながら、川島がだれにともなくいった。

重盛は名前をいち早く書き終えて、扉の前で待ちながら摂津に尋ねた。

「自白してるんだろ?」

「ああ、逮捕されてすぐにな」

摂津は明快に答えた。そこまでとんとん拍子に進んでいると検察側の求刑は決まったようなものだった。

「だとしたら、間違いなく死刑だろ、求刑……」

そればかりか判決も決まったようなものだった。

「だからおまえに相談したんじゃないか」

重盛は最初に摂津からこの事件のあらましを聞いた時に、ほぼ争う点はない、と告げたのだ。だがとにかく難しい被告人なのだ、と摂津は珍しく強引だった。重盛は別の案件をいくつも抱えていて手一杯だったが、根負けして、川島の勉強のため、ということで引き受けたのだ。

川島は重盛の個人事務所のいわゆる〝ノキ弁〟だ。事務所に勤務している弁護士と違って給料はもらえない。重盛の事務所のデスクを借りて個人の裁量で仕事をするのだ。つまり〝軒下《のきした》を借りている弁護士〟という意味だ。ちなみに事務所に勤務している弁護士はきちんと雇用関係にあるにもかかわらず〝イソ弁〟、つまり〝居候《いそうろう》弁護士〟などと呼ばれている。

先輩弁護士に川島を紹介されて、重盛は〝ノキ弁〟形式なら、と応じたのだ。重盛の事務所にはひとり、事務員の女性がいるだけだ。雇い入れてしまえば、長く面倒を見なくてはならない。どうしても関係性が濃密になってしまう。重盛にはそれが億劫《おっくう》だった。

川島には経験を積んでもらって独立してほしい。この事件を引き受けた主な要因は、川島が殺人事件を未経験だからだ。金のためではない。国選弁護では金を稼げない。重盛はほかの仕事で稼いでいる。国選を引き受けるのは半ばボランティアだ。

国選弁護人は、私選弁護人を雇い入れる金がない被疑者に、国が費用を負担してつける弁護士だ。弁護費用は安い。儲かる仕事ではないのだ。

　摂津も個人事務所を川崎で開いている。いくつか企業の顧問も抱えていて、それなりに忙しいようで、やはり国選はほぼボランティアだ。ある種、弁護士としての義務意識で引き受けている。


　重盛は摂津にため息まじりに告げた。

「どうせならな、起訴前に連絡してくれよ」

　すると摂津は気まずそうな顔をした。検察が筋書きを描いて、証拠を固めて起訴してしまうと、その事実を突き崩すのが難しくなる。検察の意図に沿った供述書を取られてしまったことは、手痛い失点だ。それは元検事である摂津ならよく知っているはずだった。

「いやあ」と摂津は〝弱った〟とでもいうように頭に手をやった。

「最初は俺ひとりで、なんとかなると思ったんだけどな……会うたびにいうことがコロコロ変わるもんだから」

　もうひと言、不平のひとつもいってやろう、と重盛が思っていると、名前を書き終えた川島が拘置所への入り口の扉を開いた。

摂津は「ハイハイハイハイ」と逃げるようにして所内に足を踏み入れる。

面会室もなんの装飾品もなく、気が滅入るような、圧迫感のあるせまい部屋だ。だがエアコンが作動していて室温は快適だ。あちらとこちらを仕切るのは分厚いガラスの板。板の中央には会話ができるように小さな穴がいくつも開いている。

部屋はそれほど広くない。重盛たち3人が並んで座っているが、もうひとり割りこむのは無理だろう。パイプ椅子だが、ゆったりと座れるので先ほどのタクシーよりも快適かもしれない。今回、中央に座っているのは重盛だ。右手に摂津。左手に川島。川島は依頼人とのやりとりを書き留めるためにノートを広げて準備している。

人の歩く音と号令が聞こえて〝あちら〟のドアが開いた。案内してきた刑務官は立ち会わないが、閉められたドアの向こうで控えていて、何か異常があれば飛びこんでくる。だがこれは弁護士の接見のみに許されたことで、一般の面会では被告人の隣に刑務官が並んで座り、面会人との会話はすべて聞かれることになる。

ドアが開くと予想外に大柄な男性が背を丸めて少し笑顔を見せながら部屋に入ってきた。

すると川島が立ち上がってお辞儀をしようとした。だが重盛も摂津も身じろぎさえしない。

そんな2人を見て川島は下げかけていた頭を上げて、照れくさそうに椅子にかけ直した。

「どうもお待たせしました」

愛想のよい声で会釈する。そして重盛と川島を見て驚いてみせた。

「今日は大勢で……」といってから「雨、降らなくてよかった」とつけ加えた。

たしかに横浜には、雨がぱらつくかもしれないという予報があった。

強盗殺人で3人を殺した男とは思えない、柔和な印象を重盛は持った。

たしかにどんな凶悪犯も接見の時には陽気になることが多い。それは警察関係者以外の人間で〝味方〟と触れあえる貴重な機会だからだ。依頼人は接見を心待ちにしていて、去り際に次回の面会の日程をしつこく尋ねてくる者もいる。傷害事件を繰り返して何度も収監されている狂犬のような男でさえ。

三隅高司は58歳。そのうち30年ほどを無期懲役刑で刑務所で過ごしている。人恋しいのだろう。だが、重盛はちょっとした違和感を抱いた。それがなんなのかわからない。その物腰なのか、笑みなのか……。

三隅は58歳という年齢を考えても美男だった。重盛のような洗練された美男ではない。迫力はあるが顔だちは整っている。だがそこに浮かべている笑みが何か引っかかるのだ。

重盛は緑色のタートルネックを着た三隅がゆっくりと椅子にかけるのを見つめていた。座るとすぐにガラスの前にある台に肘をついて手を組んだ。三隅の右手の小指のつけ根から甲にかけて、かなり大きな傷あとがある。ヤケドのようだ。

摂津が三隅に「あのね、この人」と呼びかけて、重盛を指す。

「前回、お話しした重盛さん。あの30年前の事件の裁判長の……」

三隅はあらためて重盛を見て「ああ」と口を開いて問いかけた。

「息子さん？」

「重盛です」といいつつ、重盛は名刺をガラスに押し当てて三隅に示した。

するとまた三隅は微笑した。

「三隅です。お父さんにはお世話になりました」と頭を下げる。

重盛は会釈を返したりしない。依頼人との距離は常に一定に保ちたいのだ。

元裁判官であった重盛の父親が判決を下した三隅の弁護を依頼された時、父親との関係という点でも重盛は難色を示した。父親が裁判官であったことを重盛は自ら話すことはない。比較されるのが不快だった。だから、三隅がかつての裁判長の息子として、重盛に依頼してきているのが、気にくわなかったのだ。

「この間も聞いたけど」と摂津が本題に入った。

「殺害したこと自体は間違いないのね？」

「間違いありません」

三隅はさらりと告げた。

「あなたが殺したのね？」と摂津が確認する。

「はい。殺しました」

やはり平静な声音で顔色ひとつ変えずに三隅は答えた。

重盛が尋ねる。

「どうして殺したんですか？　お世話になってた工場の社長を」

「動機ね？」と摂津が重盛の質問の意図を説明する。

「ギャンブルする金が欲しくて……」

「え？　困ってたのかな？　借金があったとか？」と摂津が重ねて聞く。

「ええ、マチ金から借りた金がちょっと焦げついてて……」

マチ金は消費者金融のことだ。決して闇金のような違法なものではない。そこで借りた金が返せなくなっているということだった。

三隅はなぜか微笑んだ。照れ隠しなのか、と思ったが、重盛はまた何か引っかかった。

「会社、辞めたのはいつ？」と摂津。

「9月30日です」

「クビ？」

摂津が確認する。

「はい」

重盛が質問を重ねる。

「解雇の理由は？」

「金庫の金を盗んで」

嘘をついている様子はない。重盛は瞬時に頭のなかで三隅の犯行の〝絵を描いた〟。

重ねて重盛が尋ねた。

「社長を殺した事件の当日はお酒、飲んでました？」

「はい。焼酎を3杯くらい」

酒を飲んだうえで判断力が鈍った状態で及んだ犯行のほうが有利だ。重盛は助け船を出した。

「殺そうと思ったのは、お酒を飲む前？　それとも飲んでヤケになっちゃって？」

三隅はしばらく考えるような顔になったが、すぐに重盛の〝絵〟に乗ってきた。

「飲んでヤケになって」

これで少なくとも計画的な犯行ではないと印象づけられる、と重盛はさらに尋ねようとしたが摂津が「あれ？」と声をあげた。

「前回聞いた時は〝前から殺してやろうと思ってた〟っていわなかったっけ？」

すると三隅は困惑を浮かべて首をひねった。

「あ……そうだったかな？」

摂津はチラリと重盛に視線を送った。その目は〝な？　こういうことなんだよ〟と語っていた。

「スパナで殴ったんだよね、後ろから？」

摂津は犯行状況の確認をした。

すると、やけに堂々とした、大きなはっきりとした声で三隅は答えた。

「はい」

それまでのぼんやりとした受け答えとは明らかに違っている、と重盛はまた不思議な印象を受けた。

重盛が殺意の確認をする。

「で、死んだのは確認しました？」

「はい、もう息してなかったから」

やはり確固とした答え方だ。殺意に揺らぎはないようだった。重盛は質問を変えた。

「その手は？　これヤケドですか？」

「ええ、燃やした時に」

そういって三隅は右手を掲げて見せた。死体を燃やした時にヤケドしたということだろう。

「ガソリンはどうしたの？」とすかさず摂津が問いかける。ガソリンを用意していたかどうかは、重要な〝計画性〟だ。

「工場の倉庫に取りに戻って……」

「わざわざ？」と重盛が疑念を呈した。

「走れば10分かからないから」

「最初からガソリンを用意してたわけじゃないんですね？」

重盛が詰める。計画性の有無は量刑を決めるうえで重要な事実になる。

「はい」

「うん」とうなずいてから重盛は川島に「今の」と小声で告げた。三隅の発言をしっかり書き残すように指示したのだ。

これで調べることは確認できた。摂津と重盛はアイコンタクトを取って「そろそろ終わろう」と暗黙の確認をした。

摂津が最後に確認した。

「この前、お願いしてた手紙、書いてくれたかな？　あの被害者の遺族への」

「はい」と即答して三隅はズボンのポケットから封書を取り出した。

「うん。じゃあ持ってくから、あとで渡してね」

「はい」

そういって三隅はまた微笑した。

重盛はようやく三隅に抱いた違和感の理由に気づいた。どこか空疎なのだ。まるで他人ごとのように、三隅は自分で犯した殺人事件の話をしている。どんな被告人でも自分の罪状の説明には熱心になる。それがたとえ嘘だったとしても。だが三隅にはまるで熱意がなかった。

重盛が東京の大手法律事務所から独立したのは15年前だった。その事務所の主流は企業法務で、国内外の企業間のM&Aなどを手がけていた。そこで刑事事件を扱う弁護士は少ない。大きな金を生まないからだ。だが重盛は刑事弁護を、特に報道で取り上げられるような大きな事件を、いくつか手がけた。刑事事件が好きというわけでもなかったが、ただ成績がよかったのだ。そして将来は、刑事事件を多く扱う弁護士として独立することを考えるようになった。

だが独立して個人事務所を持つことを同僚に話すと、怪訝《けげん》そうな顔をする者も多かった。もうその頃には規制緩和が始まっていて、町には弁護士があふれていた。特に東京では供給過剰になって仕事にあぶれ、神奈川や埼玉に流れる弁護士も多かった。そんな時代に、刑事弁護をたくさん扱っていては、おそらく儲からない。そして、それは事実だった。

当時新婚だった妻は重盛の独立に賛成した。それもあって、重盛は分譲で買ったばかりの横浜のマンションの周辺でオフィスを探した。新しいピカピカのオフィスではないほうがいい、と重盛は不動産屋にリクエストをしていた。するとすぐに出物があったと報告が来たのだ。駅から徒歩3分。家からも歩いて5分。理想的な立地だった。ただ建物が古すぎた。戦前に建てられた古めかしい洋館のようなオフィスビルだったのだ。3階建ての鉄筋コンクリート製で、耐震工事はすまされているという。

空きのあったオフィスは3階にあるが、エレベータがない。だが案内されて入ったオフィスを見て重盛はひと目惚れをした。半円と長方形を合わせたクラシカルな大きな窓がいくつもある明るいオフィスだった。そこにはめこまれたすりガラスから柔らかな陽が射しこんで、手入れの行き届いた木製の床板を照らしていた。足を踏み入れると軽い足音がする。床板が分厚いのがわかった。

悪い条件もあった。個人事務所としては広すぎるし、古い物件のわりに賃料は高めだった。だが重盛は即決して、そこに広めの部屋に見あうサイズの面会用の応接セットと、自分専用のデスクを入れた。額に入った絵を1枚壁にかけただけで、ほとんど装飾品は置かなかった。だが部屋自体に温かみがあって殺風景という感じにはならない。さらに学生時代に無理をして買ったものの、ここ10年ほどは納戸のなかにしまいこまれていたロードバイクを壁に飾った。そうすると急にオフィスがカジュアルな印象になった。

それから15年、儲からないといわれた言葉に抗うように、弁護士として生き抜いてきた。もちろん刑事弁護ばかりではないが、個人事務所の弁護士としては成功している部類だろう。


オフィスへの階段を上がりながら川島が口を開いた。

「やっぱり死刑ですかね、求刑」

並んで上がっていた重盛が「だろうな」とつぶやいた。

「まあ〝強盗殺人〟自体は動かせないわけだし」

後ろを歩く摂津のあきらめたような言葉に、重盛は険しい顔になった。

「そこを動かすしかないよ。事実関係争わないとダメだろ。〝強殺〟認めたら勝負できないんだから」

たしかにそのとおりだった。強盗殺人を認めてしまったら死刑を免れない。そこを争わなければ弁護する意味がなくなってしまう。

指摘されて摂津は黙りこんだ。

オフィスに入ると、まだ11時を少し過ぎたところだったが、重盛は朝食を抜いてしまったので早めの昼食をとる、といって、様々な栄養素が詰めこまれていると宣伝されているゼリー飲料を飲み始めた。これは本当に〝点滴〟に近かった。重盛のデスクの引き出しにはこのゼリーに似たような〝栄養補助食品〟がたっぷりとストックされている。

摂津は窓際に立って電子タバコを吸っていた。窓を開けて煙――というより電子タバコの場合は蒸気だが――を外に吐き出す。重盛も川島も、事務職員の服部亜紀子《はっとりあきこ》もタバコは吸わない。

「ねぇ、摂津さあ」とゼリーを飲みこむと、デスクの椅子に座ったまま呼びかけた。

「ん？」

「減刑を望んでるんだよな、三隅本人は」

重盛の問いかけに、摂津は憮然とした表情になった。依頼人の利益のために動くのが弁護士なのだから、当たり前のことだ。

「そうだよ。なんで？」

「いや、あんまりそう見えなかったから」

率直に接見の時の三隅の態度から感じたことを重盛はぶつけてみたのだ。まるで他人ごとのように見えた三隅の言動。そして〝殺したか？〟という核心部分での〝堂々とした〟とでもいえばいいのだろうか、確信に満ちた「はい」という応答……。

だが摂津は三隅の態度に違和感を抱かなかったようで、弁護の目標について語り出した。

「俺としては、まあ、無期懲役まで落とせれば〝御の字〟なんだけどな」

あくまでも〝情状酌量〟にすがろうとする摂津には、どうやって無期懲役を勝ちとるかのプランはないようだった。

応接セットに座って三隅の調書を調べている川島に重盛が尋ねた。

「家族は？」

「娘がひとり、いるみたいですけど」

「いくつの？」

「娘は36です。会いにいってみますか？　北海道の留萌《るもい》」

すると摂津がすかさず難色を示した。

「え、遠いなあ。寒いし」

なおもゼリーを食べつつ、重盛は36歳の娘のことを推測しながら、情状証人としては弱いかな、と想像していた。

三隅が留萌で事件を起こした当時、娘はまだ幼かった。

「あんまり交流なかったんだろうな、父親とはずっと……」

重盛の言葉を摂津が引き継いだ。

「だろうな。30年もムショに入ってたんだからな」

「まあ、こっちに有利な証言してくれるとは思えないし……」

するとそこに緑茶を手にした事務職員の服部亜紀子がやってきた。普段は食事の時以外は重盛たちにお茶を淹れたりしない。だが、摂津はいちおうゲストだった。

「きっとカニおいしいですよ、今頃は」

亜紀子はそういいながら応接セットのテーブルに茶を置く。亜紀子は36歳の独身。専業主婦をしていたのだが、離婚して仕事を探していた。結婚前は小さな法律事務所で事務職をしていたという経歴を買って重盛が採用した。美人というタイプではないが、ひょうきんで愛嬌がある。時おり出てくる関西弁も事務所の雰囲気を和ませるのにひと役買っていた。

「お、ありがとう」

摂津は電子タバコの電源を切った。お茶を飲みながら吸いたいところだろうが、我慢したようだ。

するとと重盛が亜紀子に意見した。

「留萌はね、カニじゃなくて、タコなんだよね」

「なんだ、タコかぁ」

亜紀子の言葉に重盛が鋭く反応する。

「タコをバカにしないでよ」

「は〜い、さすが北海道育ち」

亜紀子に茶化されて、重盛が「そうだよ」とすねてみせる。

このやりとりを摂津と川島が笑って聞いている。この敏腕弁護士が事務職員をいい負かしたことは一度もない。

だがその亜紀子が「ああ」と低く怯えた声を出した。テーブルに広げてある資料の写真を見てしまったのだ。ガソリンで焼かれた死体の写真だった。亜紀子はファイルを閉じると「しばらく焼肉は無理だわ。ウゥ」と再びうめいて、自分のデスクに戻った。

「旭川まで飛行機で行って、そのあとは電車……」

重盛は留萌への行路を口にした。北海道に行くのは久しぶりだ。広大な雪原の風景は本土では目にすることはできない。

重盛は中学2年から高校卒業まで札幌に住んでいた。転勤の多かった裁判官の父親とともに3年から5年の周期で全国を回っていた。実際に生まれたのは神奈川県だ。

大学に入って東京でひとり暮らしを始めたので、両親といっしょに暮らしたのは北海道が最後だ。幼い頃から引っ越しと転校続きだったが、重盛はあまり苦に感じなかった。同級生や土地柄に執着があまりなかったのだ。あるいはその境遇に重盛が慣らされていったのかもしれない。

「摂津、これって旅費出るんだよね？」

すると摂津が顔をしかめる。

「情状証人だろ？」

「うん」

「いやあ、出ない、出ない」と顔の前で手を振った。

重盛は国選弁護人の登録をしていて、積極的に引き受けている。国選の仕事はすべて税金でまかなわれるので、弁護士側に〝儲けよう〟という意識は薄い。旅費なども請求すれば、支払われることも多いが、請求も煩雑で基本は自腹になってしまうことが多い。

だが北海道往復の自腹は大きかった。

「やめとくか、じゃあ」と重盛もあきらめた。まだ娘が幼い頃に事件を起こし、30年間も投獄された父親。おそらくは面会にも行っていないだろう。三隅の妻も２００９

年に病死していた。暮らし向きが厳しかったのは想像に難くない。その娘が父親に有利な証言をするとは思えなかった。逆になるのがオチだ。

「だな、寒いしな。タコだしな」と摂津も冗談まじりに承諾して笑った。

「でも」と川島が異論を唱えた。

「三隅を理解するために、一度行っといたほうが……」

川島の言葉を重盛が手を上げて遮った。

「理解？」と重盛は整った顔をしかめた。

「はい……」と川島が怪訝そうな顔でうなずいた。

「いや、理解とか共感とか、弁護するのに、そういうの、いらないよ」

意外だったようで川島は「そうなんですか？」と拍子抜けしたような声を出した。

「そら、そうだよ。だって友だちになるわけじゃないんだから」

にべもなくいい放つ重盛に、川島は「はぁ」とため息のような返事をした。

重盛はスナック菓子のような味の栄養補助食品を口に押しこんで、まずそうに咀《そ》嚼《しゃく》した。

別件の傷害事件の公判と遺産相続の調停で時間を取られたが、3日後には重盛は川島を伴って、供述調書を頼りに登戸の町を訪れていた。調書に書かれていた三隅の犯行に至る当日の足どりを辿り直しているのだった。

まず訪れたのは三隅が焼酎を3杯飲んだと供述している酒場だった。木造の傾きかけたような煤けた酒場だった。午後3時だったが、すでに開店しており、焼き鳥を炭火で焼くいい匂いがしている。〝コ〟の字型のカウンターには3人ほどの客がコップ酒を飲んでいた。カウンターのなかの焼き場で鉢巻きをした初老の男性がひとりで焼き鳥を焼いている。重盛は三隅の写真を見せて、見覚えがあるかどうかを尋ねたが、「知らない」と一蹴された。それでも川島が正確な日時を告げて、この店に来なかったか、とただした。やはり「知らないって」と迷惑そうな顔をされた。

重盛は注文取りの女性にも写真を見せたが、やはり「知らない」と主人と同じ調子で撃退された。

これで飲酒の裏づけが消えた。〝酒を飲んでヤケになって〟という筋書きが崩れたのだ。レシートを三隅が持っているわけがなく、そもそもレシートを出すような店ではないようだ。

三隅の供述によると、凶器となったスパナとガソリンを持ち出したのは、被害者である社長の経営する山中食品内にある物置小屋だった。

山中食品は中規模の食品加工会社だった。主要な仕事は小麦粉の製粉だったが、それを様々な食材用に製粉するのだ。パン、中華麵、うどん、菓子、天ぷら……。さらに小麦粉を使った練り製品などの加工もしているようだった。

工場は、社長の自宅と隣接している。大きな工場ではなく、小規模の工場がいくつか並ぶ。通りを挟んで向かいにさらに古びた工場があって、その隣に木造の物置小屋がある。木製の引き戸にはシリンダー錠がついているが、鍵式ではなく数字を合わせるタイプなので元従業員なら番号を知っているはずだ。

実際、調書には三隅がシリンダー錠の番号がすべて〝4321〟なので、それが社長から奪ったキャッシュカードの暗証番号であると思って、2枚のカードを試しているという三隅の供述がある。だがその番号はキャッシュカードの暗証番号にはなっていなかったため、現金は引き出せなかったのだ。

引き戸を開けると、なかには様々な工具があった。そのほとんどが製粉の機械を調整するための工具だった。大小のスパナが壁にかけられている一画があって、そのなかでひとつだけ空になっている場所があった。おそらくはそこから凶器は持ち出されたのだろう。

また別のコンクリートブロックを積み上げてつくられた頑丈な倉庫には、ガソリンを入れた5リットル入りの携行缶が床に5つ置かれていた。いずれも満タンだ。通常、工場で使うフォークリフトは、近隣にあるガソリンスタンドで給油するそうだが、天候が悪いとフォークリフトだと身体が濡れてしまうので、買い置きをしているとのことだった。おそらくは違反だ。たしか20リットルを超える場合は消防機関に通知する義務があったはずだ。だがもちろん重盛は、そんな指摘をするつもりはない。おそらくはここからガソリンを持ち去ったのだろう。

重盛は当たりをつけて外に出た。

食品加工の工場と聞いていたので重盛は女性従業員が多いのか、と思っていたが、男性の割合が高い。ほぼ9割だ。フォークリフトを使って製粉された小麦を運んだりする力仕事が多いようだ。

重盛も川島も何度も頭を下げなくてはならなかった。慣れない場所で、フォークリフトの行く手を邪魔してしまうのだ。フォークリフトの運転者は明らかに不機嫌そうに、スーツ姿で歩き回る重盛たちを睨んだ。

総じて従業員たちは横柄な態度で接した。柄が悪い、と重盛は思った。

次は殺害現場だった。工場から現場までは川沿いを歩いて20分ほどかかった。三隅がいっていた「走れば10分」もほぼ正確だろう。

河川敷に下りるのに舗装されていない土手を革靴で下りなくてはならず、先導していた川島は危うく転びそうになったが、どうにか踏んばった。

「うわ！　足場悪いんで、気をつけてください」

川島の忠告に従って重盛は、ゆっくりと着実に歩を進めて、河川敷に下り立った。

現場に向かって歩いていた重盛は前方を見たまま、足を止めた。

現場と思われる場所に人影があった。後ろ姿しか見えない。黒いハーフコートに紺色のデイパックを背負っている。制服であろう黒いスカート。全体的に地味な色ばかりだが、手袋だけが真紅で目を惹いた。

中学生か高校生か、と重盛は思った。しかし現場を見ているのではなく、その視線は川面に向けられている。川面は冬の弱い陽差しを浴びて光っていた。

すると重盛たちに気づいたようで、少女が振り向いた。

高校生だ、と重盛は思った。本来なら人目を惹くほどに、整った顔だちだった。大きな瞳が印象的だ。小柄だが、その目鼻だちには中学生の幼さはまったくない。

だが美しいという表現は似つかわしくない、と重盛に感じていた。まるでその美しさを消そうとでもしているかのようにその顔には暗い陰りが宿っているのだ。

少女は顔を伏せるようにして、重盛たちに視線を向けずに、逃げるように歩き出した。

少女は大きく左足を引きずっている。足になんらかの障害があるようで、装具をつけているのが見えた。

砂利まじりの道を足を引きずって歩く音がやけに大きく聞こえた。

少女の姿が見えなくなると、川島が問いかけた。

「関係者ですかね」

「まあ、そうかもな」

重盛はそういって、犯行現場に向かった。

砂利道に、くっきりと焼け焦げたあとがあった。その脇には花束や、ろうそくなどが並べられている。

「うわ、なんだか、まだガソリンくさい気がしますね」

川島はそういいながらも、焼け焦げに向かって合掌した。

重盛は拝む川島を一瞥するが、手を合わせたりはしない。

それよりも焼け焦げのかたちが気になって首をかしげながら、移動する。

そうして見ると焼け焦げは十字架のように見えた。しかも、もっとも一般的なラテン十字の縦棒と横棒の比率にほぼ一致している。

「これは、たまたまなのかな」

重盛は十字の焼け焦げを空中でなぞってみせた。

「えー」と川島は調書を開いて、現場写真を示した。

「うん」と重盛も覗きこむ。燃やされた遺体は不自然なほどに両足を揃えて両手を横に広げている。まるで十字にすることを意図したかのようだ。

死んでいることを確認していたのに、三隅はわざわざ長い距離を走って工場に戻り、ガソリンを持ってきて、遺体を燃やした。そこにどんな意味があるのか。死体の身元の判明を遅らせるためと考えるのが一般的だろう。だが三隅はギャンブルなどして調布の町で遊んでいた。そもそも逃げようとしていたのか疑問だ。遠くに逃げるつもりなら、奪った金を使って、海外にでも逃げられたはずだ。

さらに河川敷で大きな火が上がれば夜のことで逆に人目につきやすいだろう。

弔いなのか？　だが殺したのは三隅なのだ。矛盾している。どちらにしても、これが裁判で役立つとは思えなかった。

次に重盛は川島とともにタクシー会社を訪れていた。三隅に犯行後にタクシーで逃走した。後部席の様子を録画したドライブレコーダーの映像があるというのだ。

運転手たちの待機室で映像が見られる、と会社の社長が案内してくれた。事前に伝えてあったので、当日に三隅を乗せた運転手も同席している。

待機室では業務を待つ運転手たちがカップ麺を食べていたり、将棋をしたりして過ごしている。重盛たちに関心を示す者はいない。事件後に刑事が何度も訪れたであろうから当然のことだ。

待機室の片隅で映像を見始めた。運転手は小柄な細身の男で、映像を見せられるのが嫌らしく、少し震える声を出した。

「なんか最初から様子が変だったんですよ。手、ヤケドしてるみたいだったし……」

運転手が話し出したので、川島は映像への集中度が下がった。だが重盛は見逃さなかった。タクシーに乗りこんできた三隅が、右手のヤケドを気にして、しげしげと右手を見ていたが、やがて胸のポケットから長財布を取り出した。そして窓を開けている。

「ストップ。ちょっと戻してもらっていいですか？　はい、そこで」

財布を取り出した瞬間に三隅は、少し慌てた様子で窓を開けているように見える。

「これ、どうして窓を開けたんですか？」

重盛に尋ねられて、運転手は困惑を浮かべた。

「窓？」

すぐに重盛は〝絵〟を描くことができた。これなら強盗殺人を争える！

重盛は運転手を誘導していく。

「なにか匂ったんじゃないですか？」

「そういえばガソリン臭かったような……」

「ガソリン？」と川島はまだ重盛の描く〝絵〟が見えていないようだ。

重盛はなおも運転手に問いかける。

「この財布じゃないですか、匂ったの。今、胸から出した」

重盛は運転手の目を見つめる。すると運転手は曖昧にうなずいた。

「ああ、たぶん……」

「でしょ？」

重盛はかなり強引に運転手の証言を引き出した。

横浜地方検察庁は横浜の日本大通りに面していて、横浜地裁と隣接している。

検察庁のエントランスを入ると、川島に受付の女性に「ちわ」と挨拶して、篠原検察官との面会を求め、証拠品の確認も願い出た。

この事件の担当検察官は篠原一葵《しのはらいつき》という名の35歳の女性だ。小さな顔に大きな目で手足も長くてスリムなスタイルだ。しかし、その眼光は鋭い。検察官としての威圧感のようなものを感じさせる。

篠原は提出を求められた事件の証拠品を自分のデスクに並べた。ビニールの袋にいずれも収められている。スパナはかなり大型だ。三隅の供述に基づいて、川に投げこまれていたのを捜索で引き上げたために、血痕などは流れ落ちてしまっている。もちろん血液反応はあり、スパナが凶器であることは確定している。だが三隅の指紋やDNAは検出されなかった。

さらに2つ。ひとつはベージュの皮の長財布。これは三隅が職務質問された時に持っていたもので、社長と三隅の指紋が検出されている。そしてもうひとつ、財布に入っていた領収書も証拠品として提出されている。物証としては薄い。

すぐに重盛は長財布の入ったビニール袋を手にした。ベージュの皮に油の染みのようなものがうっすらと残っている。ガソリンは揮発性が高いために蒸発してしまうのだ。

「ここ」と重盛が財布の染みを指さして川島に確認させる。

「はい」と受け取ると、川島は袋のジッパーをゆっくりと開いた。

篠原は冷たい表情で重盛に忠告した。

「自白してるんだし、余計なことしないほうがいいんじゃないですか？」

篠原の警告を「はいはいはい」とおどけた調子で重盛はいなす。

川島は鼻を近づけて長財布の匂いを嗅いだ。

「あ、出さないでくださいね」

篠原が大きな革張りの椅子に座りながら、川島を注意した。

川島は肩をすくめて「はい」とジッパーを閉めた。

重盛は領収書の束を手にして問いかけた。

「これってガソリンの染みですよね。もう鑑定出しました？」

領収書の感熱紙は油を吸うとあとになりやすく、その痕跡が消えにくいという特性があった。山中社長の長財布のなかにあった領収書にはガソリンの染みがたしかにある。

篠原はあっさりと認めた。

「ええ。たしかにガソリンでしたけど」

「ていうことは、ガソリンをかけてから盗もうと思いついたんじゃないですかね？　だとすると、コレ、強殺じゃなくて、殺人と窃盗だ」

これが重盛が描いた〝絵〟だった。強盗目的で犯した殺人ではなく、殺人を犯してからたまたま目についたから財布を盗んだ。強盗殺人より殺人と窃盗のほうが量刑が軽くてすむ。強盗殺人ならほぼ死刑だが、殺人と窃盗なら死刑を免れる可能性がある。右手のヤケドも火をつけてから、財布の存在に気づいて、ポケットなどを探った時に負ったものかもしれない、と重盛は踏んだのだ。

篠原もすぐに重盛の狙いを察して、顔が引き締まる。だが篠原は少しくだけた調子で牽制をした。

「ガソリンの染みだけで強殺、争います？」

重盛は篠原の牽制を正面から受けて真顔で返した。

「疑うには充分な証拠でしょ？」

すると篠原は返事をせずに重盛から視線を逸らすと、自宅で淹れてきたお気に入りの茶を飲んだ。

篠原はすでに戦闘モードに入っている、と重盛は密かにほくそえんだ。簡単に片づくと篠原が思っていたであろうこの事件が、自分の参戦で複雑な情勢になっているのだから。


部屋を出ると、歩きながら重盛は川島にぼやいた。

「自白さえしてなかったらな、もうちょっと強気で攻められるんだけど」

警察や検察の描いた〝絵〟を被疑者が事実ではないのに丸のみして〝自白〟してしまうのは、よくあることだ。それだけ取り調べは過酷ということでもあるが、三隅はかなりあやふやな様子だった。だが自白という事実は重い。その供述に沿って警察と検察は証拠を固めているのだ。

「最初から関わりたかったっすね」

川島も悔しげだ。たしかに自白の事実は重いが、物証が薄いのもたしかだ。

「うん」とうなずいて、重盛は気分を切り換えた。

「とりあえず手紙持って、工場行って、遺族感情ケアしとくかな」

「いつもの羊羹《ようかん》、用意しときます」

すかさず川島が応じる。駅前のデパートに入っている老舗和菓子店の羊羹だった。全国的に名の通った店なので無難だった。

「うん。ああ、でさ、動機なんだけど、おまえ、怨恨の線で少し周辺探ってみろよ」

川島は少し考える顔になったが、すぐに「はい、わかりました」と告げる。

「しかし、摂津のヤツ、全部こっちに丸投げしやがって」

現場を訪れるのに同行するように、摂津に連絡を取ると、摂津は〝差し支えです〟と法曹業界用語で冗談まじりに同行を拒んだ。

〝差し支えです〟は「都合が悪い」という意味の独特の法廷用語だ。さらに摂津は〝別件があって〟と言い訳にもならない理由で同行を拒んだのだった。ぼやきたくもなる。

しかも今日は一番嫌な仕事がある。遺族感情のケアだ。つまり、被害者の遺族を訪問して謝罪の手紙を渡すことで、心証をよくしようというものだ。あまり成果を期待できるものではないが、怒らせるよりはいい。

山中食品の脇にある山中社長の自宅は、3人で暮らすには少し広すぎる2階建てだった。とはいえ〝豪邸〟というものではなく、ごく一般的なハウスメーカーの一軒家だ。

名刺入れから名刺を1枚取り出して、重盛はドアフォンを押した。するとすぐに

「は〜い」と若い女性の声がして、玄関のサッシの引き戸が開かれた。

顔を出した瞬間に重盛は「あ」といってしまった。戸を開けたのは、河川敷の現場で川面を見つめていた美少女だった。だが少女は重盛に気づいていないようだ。

少女の名は山中咲江《やまなかさきえ》。16歳の高校2年生だ。

あの時と違って咲江は明るい表情をしている。父親が殺害された現場にいたのだから暗い表情をしていたのは当然だった。しかも前髪をクリップで上げているのもかわいらしい。勉強でもしていたようだ。

重盛は一礼して仕切り直した。

「弁護士の重盛といいます。三隅高司の弁護をしています。彼からご遺族への手紙を預かってきたんですが」

重盛が差し出した名刺を受け取ると、咲江は前髪をとめていたクリップをはずした。

重盛が弁護士だとわかると、まるで仮面を脱いだかのように、表情から明るさが抜け落ちる。

「あ、今、母を呼んできます」

そういって咲江は乱れた前髪を手櫛で直した。

「はい、失礼します」

重盛は玄関に入って後ろ手で戸を閉めた。

広い玄関だった。玄関には警備会社の防犯システムの装置が目立つところにある。工場を経営していると大きな金額を家に置くこともあるのだろう。それに三隅のような前科者を雇い入れるには、それなりのリスクがあるだろうから、当然のシステムだ、と重盛は思った。

玄関に2足並んでいるのはいずれもスポーツシューズで、左の爪先の内側だけが汚れている。足を引きずっている咲江のものだろう。すぐに穴が開いてしまうのではないか、などと重盛が余計な心配をしていると、奥から山中社長の妻の山中美津江《みづえ》が現れた。

48歳と調書にあった。少しやつれているようにも見えるが、スリムで顔だちも美しくて若々しい。メイクもしっかりしていた。上品な細工を施されたゴールドのネックレスとイヤリングが光っている。だがその顔は暗く、視線を重盛に合わせようとしない。

重盛は胸ポケットから三隅の手紙を取り出して一礼した。

「重盛といいます。このたびは、誠に申し訳ありません」

だが美津江は手紙を受け取る気配がない。

するとと美津江は視線を上げて震える声を出した。

「こんな手紙ひとつで許せっていうの？」

重盛は頭を下げたまま、ちらりと美津江の様子を見やった。美津江の目から涙がこぼれ落ちている。

「私たちは家族を殺されて……焼かれたんですよ……お葬式だって……みんなと最期のお別れもできなくって……」

いい募る美津江に娘の咲江が「おかあさん」と優しく呼びかけた。そしてちらりと重盛に視線を送った。

帰れ、と娘はいっているのだ、と重盛は受け取った。だがこのまま帰るわけにはいかなかった。手紙を渡さなくては意味がない。

「彼も本当に反省しておりまして……申し訳ありません」と再び頭を下げて手紙を差し出した。すると美津江が手紙を手にした。だが直後に美津江は手紙を破り捨ててしまった。

これは引き下がるしか手がない事態だった。重盛は頭を下げ続けながら心のなかで摂津を呪った。

川島は重盛に指示された〝怨恨の線〟を調査するために、工場の裏庭にいた。三隅と同じチームで働いていたという30代後半くらいの桜井という男に話を聞いているのだ。

桜井は作業着姿でスチール製の物置から、北海道産小麦と書かれた大きな紙袋やダンボールを運び出していた。川島が尋ねる。

「あの、恨んでたってことはないですかね、三隅さんが社長を」

「感謝してたんじゃねぇの、仕事もらえてさ」

桜井は横柄な態度で答える。だが、川島はひるむことなく質問を重ねた。

「あの、口論とか……そういうの目にしたりは？」

川島も重盛の見よう見まねで、怨恨の〝絵〟を描こうとしている。

「まあ、給料のことでね、文句いったりは普通にあったけど……」

三隅の給料は手取りで11万円だと供述にあった。しかも長時間労働を課せられても残業代が支払われないという。生活していくには厳しい金額だ。しかも三隅はギャンブルをするとも調書に書かれていた。賃上げを要求するのも当然だろう。

するとすれ違った若い従業員が「桜井さん、また何かやらかしたんすか？」と桜井をからかう。

「違げえよ、バーカ」と桜井は手にしていたダンボールで従業員を叩いた。

「刑事じゃなくて弁護士だよ」と桜井は川島を指さした。

ぞんざいな扱いを受けても川島は臆することなく尋ねる。

「三隅さんに前科があることは……」

「知ってたよ。ここ多いんだよ。ま、俺もだけどな」

桜井はニヤリと笑った。前科を誇るタイプの人間だ。

川島が「ああ」と返答に困っていると「聞きたい？　何したか？」と桜井はわざわざ尋ねてきた。

「いえ」と川島が拒否すると、桜井は残念そうな顔になった。

「それにしても、いい人だったんですね、社長さん」

すると桜井は不機嫌そうな顔になった。

「安く使えるからだろ。弱みがあれば逆らえねぇしな」

桜井の目が怒りのためかギラリと光った。

三隅は調書でも休みなく働かされているのに給料も安いので、辞めたいと何度も思ったが、高齢の前科者が再就職ができるわけがないと思って、我慢するしかなかった、と供述していた。

「ああ、そういうワケですか。ありがとうございました」

川島は頭を下げたが、桜井は川島をチラリと見て「おう」といって、小麦粉の袋を火が起きているドラム缶に押しこんで燃やし始めた。紙袋はほぼ新品に見えるのに不思議だな、と川島は思ったが、桜井はドラム缶の上に網を置いて、焼イモの準備を始めた。

食品工場の前で重盛は川島を待っていた。桜井への聞き取りを終えた川島が重盛の姿を目にすると、駆け寄ってきた。

「どうでした？」と川島が尋ねる。

重盛は美津江に2つに破かれた手紙を掲げて見せた。

「うわ、ひどいっすね。何もこんな……」

「今、あれだからな、被害者は何やっても許されると思ってるから」

重盛は美津江にぶつけられた怒りを吐き出すように続けた。

「なんでかばうんですかって、そういう仕事だっつーの」

たしかに被害者の遺族から見たら、弁護士は悪事を働いた人間を助けようとする〝悪の片棒を担いだ男〟にしか見えない。

だが弁護士がいることで、適正な裁判が行われているのだ。放っておいたら検察官は片っ端から重刑を課して……。

重盛は香ばしい匂いに気づいた。

「なんか燃やしてる？」と工場の裏庭を指した。

「小麦粉の袋とかダンボールをドラム缶のなかで燃やして、焼イモしてるみたいでした」

「そうか」

「社長亡くなっちゃったから、サボってんですかね」

「ひでぇな」と重盛は裏庭を覗いた。桜井がドラム缶の前に陣取って焼イモの指示を後輩たちにしている。炎を上げる大きなドラム缶はかなり錆びついている。日常的にたき火を行っているようだ。

「社長が焼き殺されたっていうのに、たき火って」

嘆息する川島をうながすと、重盛は登戸の駅に向かって歩き出した。

久しぶりに仕事が早めに片づいたので、重盛が「焼肉、行くか」と事務所でいうこ、焼き殺された社長の写真を見てしまい、「焼肉に当分無理」といっていたはずの亜紀子は「行きます!」と諸手を上げたし、山中食品の従業員のたき火を批判していた川島も「焼肉いいっすね!」とあふれる笑顔で応じた。

摂津も「おごり?」と満面の笑みだ。

事務所から歩いてすぐにその焼き肉屋はあった。空き店舗を持てあました不動産屋が元従業員で調理師免許を持っていた60代後半の男性とその妻に焼肉店を開かせたのだ。これが予想外の大当たりで、いつでも満員なのだ。

重盛たちは予約を入れたので、すんなり入れたが、平日なのにすぐに店の外に待ち客が並び始めた。

〝鍋奉行〟になるのは亜紀子だった。ハラミの火の入り具合を確認してトングでそれぞれに取り分けている。

「で」とひととおり食べ終えた摂津が、隣に座る重盛に目を向けた。

「どういう方針でいく?」

重盛は肉を飲みこむと、箸を置いた。

「まず、強盗の故意は否認する。で、強盗殺人を単純殺人と窃盗に落とす」

不思議そうな顔をしている亜紀子に重盛は顔を向けて続けた。

「盗もうとして殺したんじゃなくて、殺して火をつけて、それから盗もうと思いついた、と」

亜紀子は釈然としない顔だが、焼き網の上の肉が焼けすぎていることに気づいて、慌ててトングで取り分ける。

亜紀子の表情を見て、摂津がさらに解説を加える。

「え〜、ガソリンだって、殺してから、工場に取りにいってるわけだし」

すると亜紀子が身を乗り出してきた。

「え？　ワザワザ？」

摂津がうなずく。

「ワザワザ」

亜紀子が呆れた声を出した。

「うう〜ん、とっとと逃げたらええのに〜」

摂津と川島が笑い声を立てる。

摂津は「で」と、またあらためて重盛に声をかける。

「殺害の動機は？」

重盛はよどみなく答える。

「怨恨の線でいこうか、と」

するとと川島も自分の調査の結果を述べつつ支持した。

「給料のことでも揉めてたみたいですし」

すると重盛は肉を口にしながら、性急に結論に飛びつこうとする川島を牽制した。

「事実はともかく、弁護方針としては、その方向で落としこむ」

〝弁護方針〟は、被告人のいない場所で決められていく。

重盛はさらに続けた。

「クビにされたことを恨んで、と」

すると摂津が「ええ〜」と笑いながら異議を唱える。

「怨恨かあ。ちょっと弱いけどなあ……」

もともと、〝怨恨〟の線は摂津が描いた〝絵〟だったはずだ。重盛が文句があるのかといわんばかりに「おお？」と摂津の顔を覗きこむ。

すると、肉を配り終えた亜紀子が口を挟んだ。

「恨んで殺したほうが、お金目当てより罪が軽くなるってことですか？」

すると摂津が笑って応じた。

「金目的だと重くなるわけ。ま～、要は身勝手だってことで」

すると亜紀子は顔をしかめて、今度は重盛に尋ねた。

「うん？　殺してるのは、おんなじなのに？」

どちらも〝おんなじ〟殺人事件だが量刑が変わるのはたしかに不思議なことであった。

「オ！　いい質問だね」

摂津の言葉に、亜紀子はうれしそうに笑みを浮かべた。

重盛が解説する。

「怨恨の場合は殺意を抱くやむをえない理由があったって考えるわけ」

重盛はそういってビールで喉を潤した。

それでも亜紀子は納得できないようだ。

「でも、それで罪の重さが変わっちゃったら……」

そこまでいって、亜紀子は突っこみすぎたことに気づいたようで、明るい調子で話を締めくくろうとした。

「法律ってなんか不思議ですねぇ」

法律の道義的な説明ほど厄介なものはなかった。〝人を殺してでも金を奪わなきゃならないってやむをえない理由〟があった場合はどうなの？　などと追及されると説明が厄介なのだ。弁護士は法を規定する者ではない。それを〝利用〟する者なのだ。

重盛は亜紀子があきらめたのをいいことに、肉を口に押しこんだ。摂津も黙って日本酒で肉を流しこむばかりだった。

2

妻と娘が家を出てからそろそろ1年になる。次第に仕事部屋とリビングとキッチンと寝室の境界が崩れつつあった。リビングのソファの前に座って仕事をしているから、リビングに書類の束が徐々に進出していた。キッチンはまったく使っていないので、テーブルや流しはきれいだが、冬物のスーツがカバーをかけられたまま、テーブルのまわりにズラリとかけられていた。

朝晩の冷えこみがきつくなって、重盛は冬物のスーツが、どこにあるかわからないことに気づいた。

タンスを覗いても、そこにズラリと並んでいるのは薄手のスーツばかりだ。弁護士という職業柄、スーツには金を惜しまない。自分の買い物といえばスーツばかりだ。

納戸にも見当たらない。しばらく探してから、クリーニング屋だ、とようやく気づいた。

「スーツ、着ないの整理して」と妻がひとり言のように、リビングでつぶやいていたことを思い出した。重盛が返事をしないでいると「クリーニング屋さんで預かってもらう」とまたひとりごちた。

これにも重盛は反応しなかった。妻も返事を求めない。文句をいえば喧嘩になる。そもそもスーツのことをいわれただけで重盛は、いらだっていた。

妻がどこのクリーニング屋に出していたかが、わからない。あれ以来、重盛が週に一度まとめてワイシャツを持っていく駅前のクリーニング屋ではない。タンスのなかのスーツにかかっているビニールにチェーン店のロゴがあるが、その場所がわからない。そもそも引換券がない。名前と電話番号を告げて照会してもらって……。

そんな面倒なことをせずに妻に尋ねればいいだけだ。だが電話をする気になれなかった。

妻がやけに丁重に別居を申し出てきた時、重盛は意外なほど取り乱さずに平然と受け入れていた。

妻に弁護士がついていることに、重盛にはわかった。別居に同意してほしい、と冷静に告げ、ひとり娘の結花《ゆか》とともに別居生活を送ること。別居中の生活費を重盛から得るために、重盛の収入から算定して金額を提示した。さらに離婚となった場合、妻の両親から贈与された預金は特有財産にあたるために、財産分与の対象にならない、ともいった。

前から準備していたのだろう。おそらくは重盛の預貯金類も調べ上げている。もっともほとんどの預金や保険の類は、妻が管理していたのだが。

横浜にあるこの3LDKのマンションも結婚後に分譲で購入したものだから、財産分与の対象になる。

重盛が別居に同意すると、なんとその日のうちに娘を連れて家を出てしまった。娘の結花もじつにドライに「じゃ」と手を振って家を出ていった。

おそらく母子間で長い時間をかけて話しあったのだろう。だがその場に重盛はいなかった。仕事に追われて……。仕事に逃げて……。

重盛は乱雑に裁判資料が積み上がった6畳の自室のデスクを見ながら苦笑した。

言い争いがエスカレートすると重盛は、その部屋に逃げこんだ。実際にやるべき仕事は山ほどあった。昔のようにひとつの刑事事件にじっくりと時間をかけていられる状態ではなかった。１９９０年までは年に４００人前後で安定していた司法試験の合格者が急カーブを描いて増えていった。さらに10年前に行われた司法制度改革で弁護士の数が毎年２０００人ずつ増えている。

過当競争の時代になっているのだ。仕事を選ぶこともできなくなった。離婚訴訟でも相続に絡むゴタゴタでも、持ちこまれるケースはなんでも引き受けるようになっていた。そして依頼人が依頼人を呼び、仕事は途切れなかった。さらにいくつかの企業の顧問もしている。猛烈に忙しい。とはいえ重盛はそれで疲弊するタイプの人間ではなかった。だから別居の原因は激務とばかりはいえない。

重盛の不貞や暴力などの明らかな原因はない。妻に恋人ができたわけでもない。ただ別居までの1年、夫婦の会話はほとんどなかった。言いあいや怒鳴りあいが会話でないとしたら。

妻は歩いて10分ほどのマンションに住んでいる。本当はもっと遠いところに行きたかったのだろうが、中学1年生だった結花が転校しなくてもいいように、同じ学区内に越したのだ。

妻がいっていたとおり、スーツの数が多すぎた。

冬物のスーツとコート類はすべて駅からちょっと離れた、もとは電器屋だったクリーニング店に預けてあったのだ。インターネットで調べて連絡をすると、身分を証明するものがあれば、引換券がなくても引き取れる、ということであったが、向こうから「大量なのでお届けしますよ」といわれた。家の場所も店員は知っていた。季節の変わり目に妻が引き取りに来てもらっていたようだ。

薄手のコートを2着ほど残して、夏物スーツはすべて引き取ってもらった。だが届けられた冬物のスーツとコートは〝大量〟だった。タンスに入ったのは3分の1ほどで、残りを納戸に収めて、ようやく半分が片づいた。

だが残り半分は収める場所がなかった。空いた娘の部屋に山積みにしてもいいが、シワになるのは避けたかった。そこで普段使わないキッチンのテーブルに残り半分のスーツをかけることになったのだ。

まるで袖を通さないスーツもたくさんある。本当に処分する必要があったが、そんな暇はまったくなかった。

昨夜も遅くまでリビングで仕事をしていて、そのままソファで寝てしまった。かつて寝室だった場所にベッドがあるのだが、シーツがかけられていないので、ついついシーツをかけてあるソファでばかり寝てしまうのだ。腰が少し痛んだ。

携帯電話の呼び出し音で重盛は目覚めた。午前中は急ぎの仕事がなかったから、眠って過ごせるはずだった。

パジャマに着替えずに眠っていた。白いシャツの上にカーディガン。さすがにスラックスはスウェットにはき替えている。パジャマに着替える習慣は妻と娘とともになくしてしまった。洗濯物が増えるだけだからだ。そして毎晩のようにギリギリまで仕事をして倒れるように眠っている。

目をこすりながら、起き上がって窓辺に向かってカーテンを少し開ける。冬の陽差しが飛びこんできて、重盛は目が痛んでうめいた。

着信は知らない番号だった。

「重盛ですが……ええ、父親です。え？」

重盛の寝ぼけ眼《まなこ》が驚きで見開かれた。

スーパーマーケットのバックルームに重盛は通された。店長のデスクがあって、そこにある椅子に娘の結花が座っていた。中学の制服の上に重盛が見覚えのないダッフルコートを着ている。50代の店長が渋い顔をして娘の前に座っている。

重盛の姿を見ると、結花は笑って「オッ」と手を上げて挨拶した。

「お電話いただきまして」

重盛が店長に頭を下げると、やはり渋い顔のままで「ああ、お父さん?」と椅子から背を起こした。

「〝オ〟じゃないだろ」と、重盛は結花を小声で叱った。

店長はデスクの上の商品を指した。娘が万引きをしたのはマスカラだった。高くても1000円程度のものだ、と重盛は思った。

「普通ならね、すぐに警察に連絡するところなんですけどね」

店長がそういいだすと、すぐに重盛は深々と頭を下げながら、名刺を差し出した。

「娘がご迷惑をおかけしまして、すみませんでした」

差し出された名刺を見ると、店長の渋い顔に驚きが拡がった。そして椅子から立ち上がった。

「弁護士さん、ですか……」

店長はしげしげと重盛の上から下までを眺めている。

重盛は弁護士の威光が輝いているうちに、畳みこんだ。

「今、ちょっと大きな殺人事件を扱ってまして、それで家のなかがゴタゴタしてて、それもあってきっと……」

〝別居〟を〝家のなかがゴタゴタ〟していると表現することは嘘ではない。だが大きな殺人事件が直接の原因ではないから総体として嘘だ。しかし、重盛は娘の前で嘘をつくことを気に留めない。そもそも嘘であると思っていない。

重盛は結花に小声で……しかし、店長に聞こえる程度の声音で謝った。

「結花、ごめんな」といって娘の肩に手を置く。

「おまえのこと、ほったらかしにして」

これもまた嘘ではない。だが重盛は驚いた。重盛の言葉に結花は大粒の涙を2つ、3つとこぼして泣いたのだ。

マスカラは重盛の踏んだとおりに980円だった。万引きしたものを買い取った。弁護士という職業と結花の涙の成果というべきか、店長は警察に通報せず、たいした注意もないまま、重盛と娘の結花は放免された。

万引きとはいえ立派な窃盗で、通報されると厄介だ。

重盛は結花が午前中に学校に行かずにスーパーにいた理由を最初に尋ねたが、「中間テスト」という短い答えが返ってきただけだ。これまでに万引きをしたことはない、ともいった。重盛は細い親子の関係を振り返って、これまで娘に非行の芽はなかったはずだ、と思った。

重盛はとりあえず結花を近所にあったハンバーガーショップに誘った。重盛はコーヒーだけを頼み、結花は〝玄米フレークシェイク　アサイー&ベリー　プチ〟というデザートを頼んだ。

万引きしたことを反省している様子はまるでなかった。結花は黙々と食べて、あっという間に完食してしまった。

「どうしてママに連絡しなかったんだ?」

妻は1年前のままだとしたら、働きに出ていないはずだ。

この1年の間に重盛は結花とも一度しか会っていない。会ったところで時間を持てあましてしまってお互いに困惑するばかりだったので、重盛も結花に連絡は取っていなかった。結花からも連絡はない。

結花は即答した。

「こういう時、弁護士のほうが使えるから」

さばさばした口調で告げ、微笑を浮かべる娘の顔を重盛はまじまじと眺めた。

〝パパのほうがこういうの上手だから〟ぐらいの言葉は期待していたのだ。

「ありがとうございました」

そういって結花はコートを抱えて帰ろうとする。

重盛は慌てて声をかけた。

「あ、ほら、あの……ニモ、どうした？」

アニメ映画の『ファインディング・ニモ』が結花は大好きで、DVDが変形してしまうほどに何度も見返していた。そこで重盛が奮発して大きな水槽セットを購入して、アニメの主人公である魚のカクレクマノミを5匹も買ったのだ。当初は大喜びしていた結花だったが、縄張り意識の強いカクレクマノミは、いつも喧嘩ばかりで、子どもの夢の世界はもろくも崩れたのだった。

それ以来、餌やりも掃除もすべて妻がやっていた。引っ越す際には、ビニール袋に酸素を入れて1匹ずつ運送業者が運んでいった。マンションに空の大きな水槽だけが残されたのだ。

「いつの話だよ」と結花は不機嫌そうだ。

「水槽、送ろうか？」と重盛が尋ねる。

「邪魔なの？」

結花は鋭かった。重盛は図星をさされて「そこじゃないけど」と口ごもった。法廷では見せない姿だ。

カラになってホコリがたまっている大きな水槽は本当に邪魔だった。捨てるにも大型ゴミとして申請が必要なようで、面倒なので申請はしていない。引き取ってもらえるならありがたい、とも思った。

「死んだ」

結花はこともなげにいった。

「死んだ？　全部？」

重盛は意外なほどショックを受けていた。まだ幼かった結花が大喜びする横で、水槽を設置して海水を張り、イソギンチャクを配置して、水槽を完成させた思い出。それをすべて消されてしまったような感覚に捕らわれていた。

「うん」と結花はあっさりうなずいてから「何、がっかりしてんの？　ただの魚だよ」とまるで諭すようにいった。

「トイレに流したりしてないだろうな？　ちゃんとな、そういうのはお墓をつくって、こうやってちゃーんと……」

重盛が合掌して見せると、結花が冷たいまなざしを重盛に送った。

「なに？　急に父親みたいなことといって」

「みたいなってなんだよ。父親だろ」

「今のトコね」

　重盛は離婚しようが別居しようが、結花の〝父親〟だ。しかし離婚が成立したらおそらくは疎遠になってしまうどころか、他人になってしまうであろう〝崖っぷちの父親〟。

　話題を探す。

　ふと、先ほどの結花の涙が気になった。幼い頃から気の強い子で、幼稚園や学校で泣かされたりしたこともない。泣いて何かを訴えるようなタイプでもなかった。とにかくあまり泣いていた覚えがない。重盛が知らないところで泣いていたことがあったのかもしれないが、重盛は子育てにはほぼノータッチだった。

「なぁ、結花。さっきなんで泣いたの？」

　すると結花は楽しげに笑った。

「ああいうの、うまいんだよね、ほら見て」

　そういうと結花は顔を伏せてから、しばらくして上げた。その目には涙がたまり、すぐにあふれて頬を伝った。

「すごいでしょ。けっこう、みんな引っかかるの」

楽しそうに少々自慢げに告げる娘に重盛は沈黙するしかなかった。どんな場面で嘘の涙を流すのか、とも思ったが、それを聞き出して叱っても反発するだけだろう。

重盛の携帯電話に着信があった。重盛は出るか否か迷った。

「いいよ。出れば」

結花が涙を拭いながらうながす。何度こういうことがあったろう。久しぶりに外食に出かけようとしていると、かかってくる電話。買い物、旅行、運動会……。いずれも重盛は仕事を優先させた。もちろん重盛の仕事は緊急性が高い。重盛が家族の団欒を優先させたために、冤罪が成立してしまうかもしれないのだ。弁護士は一刻も早く依頼人を守るため行動しなければならない。

重盛は次第に家族と過ごす時間を疎ましく思うようになった。仕事を理由に途中で抜けると、その後しばらく妻と娘が不機嫌そうな態度を取るからだ。

ならいっそ〝家族の時間〟などつくらなければいい、と。

振り返れば、それが離婚に至るであろうこの結婚の失敗の始まりだったのかもしれない。

だが重盛は責任は感じていない。反省もしなかった。だれのせいでもない。いってみれば〝摂理〟だ。不可抗力だ。

「いいよ。出ない」

それでも重盛は意地を張った。娘を優先する姿を見せたくなった。

「出なって。あっ恋人？」

結花が画面を覗きこむ。

重盛は慌てて携帯をつかむと画面を確認した。摂津からだった。

「違うよ、バカ。摂津だよ」

重盛は電話に出てしまった。

「はい。今から？　うん、行けるよ。エー、見てないな」

重盛は目の端で、娘の顔を見やった。娘は平然としているように見えた。だが同時に少し悲しげにも見える。だが、もうその頬に涙はない。


摂津が電話で知らせてきたのは厄介なことだった。三隅が週刊誌の記者と面会したらしく、その内容が〝独占告白〟というかたちで記事になってしまったのだ。しかも4ページもの大きな記事だ。

面会室には重盛が真んなかに座って、左に川島、右に摂津という前回と同じ配置で3人は座っていた。3人とも顔色が冴えない。摂津は冷えるらしく、ずっと使い捨てカイロを2つ、手のなかで揉んでいる。

重盛の前には問題の週刊誌があった。

「本人は読んでんのか、コレ」

重盛に問われて摂津が週刊誌を嫌そうに見た。

「いちおう、差し入れしといたけど」

「困るんだよな、こんなこと勝手にしゃべられちゃ」

重盛がぼやく。

すると刑務官がドアを開けて三隅が入ってきた。

「ああ、すみません、寒いですね、今日は」

三隅は好々爺《こうこうや》のような穏やかな笑みを浮かべて席についた。

摂津が、用意していた週刊誌をガラスに押しつける。

「えっとね、今日はこの週刊誌のことで来たんだけど」

週刊誌には殺害された山中社長に8000万円の高額の保険金がかけられていたこと、三隅が（美人）妻と結託して社長を殺した疑いがあることなどが書かれており、最後には三隅と妻の男女の仲を匂わせて締めくくられていた。

三隅は週刊誌の記事を読むというより眺めて「ああ」とうなずいた。

差し入れた週刊誌は読んでいないのだろう、と重盛は思った。

「本当なのかな？　この〝独占告白〟」と摂津が怒気を含んだ声で尋ねる。

重盛が疑問点を明らかにするためにつけ加えた。

「奥さんに頼まれて保険金目当てで殺したってトコ」

「あ、はい」と三隅はぼんやりとうなずく。

「いったの？　そんなこと」

摂津が腹立たしげに確認した。

「はい、たぶん」とこれまた、頼りない返答だった。

「いや、たぶんってさあ」と摂津もあきれて言葉が続かなくなった。

川島は夢中になってメモを取っている。

重盛は検察から手に入れた資料のひとつをガラスに近づけた。

「三隅さん、これ、あなたの預金通帳ね。10月の頭に50万円入金あるんだ。給料とは別に。これが奥さんからの？」

「はい、それは奥さんから」

今度はわりとハッキリと三隅が肯定した。

「ということは、コレ、前金ってことですかね？　報酬の」と重盛。

「はい」と三隅はうつむく。

「ほぉ、どうして最初にいってくれなかったんですかね、ソレ」

重盛の言葉に三隅は当惑を浮かべる。

「どうしてっていわれても……」

三隅は二度、摂津に目をやった。なぜか薄笑いを浮かべているように重盛には見えた。

摂津は三隅の視線が煙たくなったらしく、逆に質問した。

「あれじゃないの？　これ、最初に記者がいい出したんじゃないの？　この話」

記者が描いた〝絵〟に三隅が乗ってしまったのではないか、と疑ったのだ。摂津の描いた〝絵〟に乗ってきたように。

三隅はまたも笑ってから「はあ、どうだったかなあ」と首をひねった。

「まただよ」と摂津はため息をついた。

摂津はすっかりあきれてしまったようだが、重盛はなおも質問を重ねる。

「どうやって頼まれたんですか？　殺害は」

「メールで、携帯の」

三隅の言葉に全員が色めきだった。

「メールで？」と摂津が急に声を張った。

「はい」

「いつ頃？」と重盛も興奮気味だ。殺人依頼のメールがあったとしたら、大きな証拠になる。

「殺す2週間ぐらい前……」

「まだ残ってます？　それ」

重盛が尋ねると三隅はうなずいた。

「はい、たぶん」

「うん」と重盛はうなずいて、摂津に小声で「これ、いけるんじゃない？　共謀共同正犯……」と告げた。

「そうか？」

摂津も小声で返す。

共謀共同正犯はこの事件の場合でいえば、社長を殺害する旨を三隅と美津江が画策し、三隅だけが実行した場合、三隅だけではなく美津江も罪に問われるという犯罪だ。

共謀を証明できるやりとりがメールに残っているとしたら、この線でいける。

ちらりと重盛は三隅を見たが、三隅は我関せずというように、治りかけてむずがゆいのか、右手のヤケドあとを気にしている。重盛と摂津の小声での会話に興味を抱いている様子はない。

「犯行後、奥さんと連絡取りました？」

重盛は三隅に尋ねた。三隅と妻との間に男女の関係があれば、より有利になる。

「はい。一度、公衆電話から」

公衆電話では証拠が残らない。それでもその会話は重要になる。

「そしたら？」と重盛は先をうながす。

「私のことは黙っててくれ。悪いようにはしないからって」

重盛は摂津と視線を交わした。摂津が聞きづらそうに三隅に声をかけた。

「あれなのかな？　この奥さんとは、男女の関係とか、そういうのあったのかな？」

すると三隅は照れくさそうな顔をして頭をかいた。

重盛は男女の仲はあった、と判断した。

重盛の事務所では、応接セットに摂津と川島が座っていた。事務職員の亜紀子もいっしょになってテレビを見ている。重盛は自分のデスクの前に立ってテレビを見ていた。テレビのワイドショーが一斉に三隅の事件に飛びついた。もちろん情報源は例の週刊誌だ。保険金殺人の方向でメディアは騒ぎ出した。

美津江の顔写真もテレビに映し出され、さらに葬式の際に泣きながら挨拶をする姿が繰り返し映し出されている。三隅の写真は、ぼんやりとした顔をしているが、目鼻だちのよさはわかる。従業員と不倫した美人社長夫人。邪魔者になった社長に多額の保険金をかけて殺す共謀をした。ワイドショーは長い時間を割いて〝絵〟を描いていた。

接見の帰りがけに検察に寄って、三隅と美津江のメールのやりとりを入手していた。亜紀子が美津江役を担当してそのメールを読み上げる。

「〝例の件、やはり50万でお願いできますか？〟」

向かいに座る川島が三隅役で読み上げる。

「〝いつまでに？〟」

「〝借金返済があるので10月末には〟」

「〝わかりました。任せてください〟」

メールのやりとりはこれだけだ。直接に殺害などの文言がないので難しいが、金を払って何かを依頼しているのは間違いなかった。

妻のいう〝借金返済〟は工場が抱えている負債のことだ。工場の経営状態は思わしくないようだ。

「どう思う？　嘘くさい？」

摂津に尋ねられて重盛は首を振った。

「いや、三隅に金渡してるの立証できたら、共謀共同正犯でしょ。むしろ奥さん主犯でいけるかもなぁ」

そうなると、殺害したことは変わらないが、三隅の刑は軽くなるはずだ。

摂津もすっかり乗り気になったようだ。

「いや、でも三隅のいうとおりに男女の関係だとすると、かなり濃いなあ」

だが川島が接見のメモを手にしながら、異論を唱えた。

「アレって認めてました？」

摂津は曖昧だったところを突かれて仏頂面になった。

「照れてたじゃないか。やってるだろ、あの顔は」

そういいながらにやけた笑みを浮かべて、三隅と同じように頭をかいてみせた。

川島はノートをめくりながら「でも、言葉としては残ってないんですよねぇ」と反論した。

すると亜紀子がテレビを見ながら参戦した。

「やってますって、間違いなく」

亜紀子の言葉に一同が驚いた。亜紀子は葬式で泣く美津江の映像を食い入るように見ながら持論を展開した。

「私、彼女の顔を見た瞬間にピンと来ましたもん」

いわゆる女の第六感……。これほど当てにならないものもない、と重盛は思ったが、一般人が参加する裁判員裁判では、〝イメージ〟が重要なのだ。女性の裁判員は美津江に反感を持つかもしれない。

裁判員裁判は、一般人から無作為に選ばれた裁判員が裁判官とともに審理に参加するというものだ。すべての審理ではなく殺人などの重大な犯罪についての裁判で採用される。

川島はノートを見ながら、なおもいい募った。

「でも、奥さんに殺しを頼まれた、ともいってないんですよ」

「ちょっと見せてみろ」と重盛がノートに手を伸ばした。

「はい」と川島がノートを渡す。

摂津は呑気そうに状況分析を始めた。

「このメールのやりとりじゃ、検察は動かないかなぁ。単独犯で起訴しちゃってるし」

保険金殺人事件の線を認めて検察が動いたとしたら、美津江を捜査対象にして一からやり直しになる。それは考えられない。メールには明確な殺害依頼の言葉がないのだ。なおも摂津は分析を続ける。

「検察のプライドもあるだろうしな。動かないよな。元検事としていわせてもらうと」

摂津が分析を述べている間に重盛はノートを読み続けていた。川島の指摘したとおりに重盛と摂津が保険金殺人をしたか、と問いかけてはいるが、それを肯定する時も曖昧で、自ら〝殺しを頼まれた〟とはいっさい発言していない。

「でも、ほら」と重盛がノートの一部を指した。

「〝黙っててくれたら悪いようにはしないって奥さんにいわれた〟って、ここ」

すると川島がまたも控えめながら異論を投げかけた。

「でも、これ、肉体関係のことなのかも……。殺しじゃなくて」

たしかにこの発言の前に三隅と美津江の仲を疑うような質問を重盛がしていた。とはいえ、そこは曖昧だが、川島の指摘も間違ってはいない。鋭い指摘に重盛はノートを再び確認する。

　川島がボソリといった。

「本当はどっちなんだろうな、怨恨と保険金と」

　すると重盛が反応した。

「そんなのは、依頼人の利益になるほうに決まってるだろ」

「まぁ、もちろん法廷戦術的にはそうなんでしょうけど……」

　川島の物言いに重盛はいらだちを覚えた。川島は若いわりには気も利くし、頭もいい。だがどうにも青くさい。弁護士としての視点ではなく、犯罪ドラマをリビングで眺めているかのような視点で感慨を口にしたりするのだ。

「法廷戦術以外に俺たちが考えることがあるのか？」

　重盛の語気が荒くなった。珍しいことだ。

「ないんですかね……」と川島も執拗にこだわる。

「ないよ」と重盛は川島の言葉を遮るように断言した。

「どっちが本当かなんて、どうせわかんないんだから。だったらより役に立つほうを選ぶ」

　重盛の言葉に、ついに川島は黙りこんだ。

だが川島が納得していないのは顔を見れば明らかだった。

重盛はさらに川島を説き伏せようと口を開きかけたが、気まずい空気を割って摂津が重盛に問いかけた。

「で、どうする？　思いきって乗っかるか？」

重盛はひとつ息をつくと摂津に向き直った。

「裁判員裁判だからな。まぁ、情状変わるだろ」

裁判員裁判では強盗殺人などの残忍な犯罪だと量刑が重くなる傾向にあったが、被害者の妻に依頼されての保険金殺人事件となれば、裁判員の心情はやわらぐと重盛は読んだ。

通常の裁判では犯した罪に対して、かつてどれくらいの判決だったかの前例にならうかたちで、量刑が決まってくる。

だが裁判員は一般人だ。情状は前例ではなく、その人の価値観によって変動しやすい。不安定なのだ。

摂津も重盛と同意見だった。

「変わるだろうな。少なくとも俺なら死刑は躊躇するな」

これにはだれも異論を差し挟まなかった。

この日行われる公判前整理手続は、裁判官、検察官、弁護人が初公判前に協議し、証拠や争点を絞りこんで審理計画を立てるものだ。裁判員裁判は裁判員が一般人であるため、審理を迅速に進める必要があることから、2006年に導入された。いってみれば裁判を素早く片づけるために行う、専門家の事前協議のようなものだ。

三隅の事件も重大犯罪であるため公判前整理手続が、裁判所の会議室で行われた。

1回目の公判前整理手続は12月25日に行われ、年をまたいで1月16日に2回目、そして今日、2月5日に3回目が行われた。

長テーブルを四角に配置して、重盛たち弁護人と篠原たちの検察は向きあっている。その間に裁判官たちが座った。裁判長の仕切りで重盛たちと篠原たちの争点の確認をしつつ、証拠意見（証拠に同意するか否かへの双方の意見）を確認していく。手続は粛々と進んでいた。

ただ一度だけ検察側が「不同意」を主張した。それは裁判長が弁護側からの証拠請求を検察に告げた時だった。

裁判長は裁判官としてはフランクなタイプだった。だが無駄な話をするわけではない。そんなことをしている暇は裁判官たちにになかった。裁判官の数がまったく足りていない。毎日毎日、びっしりと裁判のスケジュールで埋まっている。

裁判長の両隣には男女の裁判官が同席している。この2人はまったく感情を見せない。まるでマネキン人形のようだ。

「弁護側からは、携帯のメール履歴が証拠請求されてますが」

裁判長が篠原に問いかけると、篠原は隣に仏頂面で座っている上司の検察官をちらりと見た。すると視線を合わせずに下を見たまま上司は、小さく首を振った。

「不同意です」と篠原が答える。

不同意、つまり三隅と美津江のメールのやりとりを証拠として認めることに同意しない、といい出したのだ。

重盛がすぐに反応した。

「えっ？　コレ、なぜ不同意なんですか？」

裁判長も篠原に質問する。

「携帯履歴の内容が信用できないって意味ですか？」

「いえ、関連性がありません」

検察は携帯のメールが捏造されていると疑っているのではなく、メール自体は真正のものだが、事件との関連がないから証拠とすることに同意できないという理屈を持ち出したのだ。

篠原は上司の顔色をうかがった。上司はやはり視線を落としたまま、小さくうなずいた。どうやら必ず篠原は上司の判断を確認しなければならないようだった。しかもそのやり方はアゴをわずかに動かすというもの。

重盛はそのやりとりを見ながらうんざりした顔をした。必ず上司におうかがいをたてて、そのとおりにしか動かない。検察という組織の気味悪さをいつも重盛は感じていた。

だがやり過ごしてしまうわけにはいかなかった。

「ええ？　関連がない？」と重盛が驚きの声をあげた。

重盛が反論する前に裁判長が取りなした。

「まぁ、そうであれば客観証拠ですし、同意のうえ、関連性なしでいいんじゃないですか？」

つまり不同意は取り下げて証拠としての提出を認めたうえで、強盗殺人事件とこのメールの関連を公判で否定すればいい、という裁判長の配慮だった。

するとまた篠原が上司を見やった。すると今度は上司も篠原を見てから、微妙に表青を変えた。だがうなずいた様子もない。そして、また視線を逸らした。

「じゃ、そうします」と篠原は渋々応じた。

渋々応じろという合図だったのだ、と重盛は苦笑した。

事前に篠原は上司と打ち合わせして、重盛の反論を想定して落としどころは決めてある。そしてここが落としどころだった。弁護士が間抜けだったりした場合は、証拠提出を事前に拒むことができるので、いちおう、不同意をいってみただけのことというわけだ。あいにく重盛は間抜けではない。

裁判長は先を急ぐ。

「はい、じゃ、採用、と。で、これ犯人性は争いませんね」

「はい、犯人性は争いません」と重盛が応じた。

〝犯人性を争う〟とは、三隅が殺人事件の犯人か否かを法廷で争うということだ。裁判長は、社長殺害の犯人が三隅であることを弁護士、検察官、裁判官が合意したうえで審理が進むことを確認しているのだ。

裁判長はさらに確認する。

「強盗の故意があったのかどうか、が争点になりますね」

重盛が答える。

「はい、強盗殺人の成立を争います」

三隅と美津江のメールのやりとりと財布のガソリンが武器になるはずだ。強盗の件を打ち消せれば、死刑は免れる可能性がある。

検察側は財布のガソリンは、先に盗んで三隅が手に持っていた財布に、偶然ガソリンが飛び散ったものだ、という主張をしてくるだろう、と予想された。メールについても〝殺害〟という言葉がないという点を突いてくるだろう。

だが三隅の手のヤケドや、殺害してからガソリンを取りにいっていること、50万円の振込の事実を訴えることで、裁判員たちの心証を動かせる可能性は大きい。

裁判長は証人の確認に入った。

「で、え～、検察官は証人申請として妻の美津江さんと娘の咲江さんを請求、と」

「はい」と篠原が答える。

「弁護人、これ、ご意見は？」

「はい、しかるべく」と重盛が法曹関係者独特の言葉で了承した。

「弁護人からの証人申請は？」と裁判長。

「はい。弁護側からも妻の美津江さんを双方申請しています」

弁護側と検察側の両方から美津江は証人として呼ばれることになる。

答えた重盛に裁判長が確認する。

「これは強盗の故意の反証のためですね？」

「はい」

重盛がうなずく。彼女への尋問を通して、裁判員たちに美津江が殺害依頼をしたかもしれない、と思わせることができれば、がぜん有利になる。

「で、被告人の娘の恵さんが情状証人、と」

裁判長に確認されて「はい、その予定です」と重盛は答えたが、娘の恵には連絡が取れていない。

「これ、検察官、ご意見は？」

裁判長の問いかけに篠原は上司がうなずくのを待ってから、やはり「いずれもしかるべく」といかめしい文語体で答えた。イエスでもノーでもない。口語体に直すなら〝そのように、どうぞ〟とでもなるのだろうか。〝しかるべく〟は便利な言葉だった。諸手を上げて大賛成というわけではないけれど、渋々応じるというニュアンスで使用されているのだった。

裁判長は手帳を開くとスケジュールを確認して、次回の日程を告げた。

裁判官たちの大量の資料を書記官が台車を使って運び出し、裁判官たちは退席した。篠原の上司も資料を風呂敷で包むと早々に、裁判所の隣にある検察庁に戻った。重盛たちは分厚い資料すべてをカバンで運ばなければならず、片づけに時間がかかっていた。

やはり資料を片づけていた篠原が不満げな顔で重盛に告げた。

「あんなメールが殺害を依頼した証拠になるとは思えませんけどね」

重盛は一歩も退かない。

「強盗殺人を疑うには充分だと思いますけど」

篠原も退かない。

「恐くなって他人に指示されたって、いい出したんじゃないですか？」

即座に重盛は切り返した。

「検察も最初から〝強盗殺人〟だって、思いこんでたんじゃないですか？」

篠原は悔しそうに唇を引き結んで、重盛を睨んだ。

「あなたたちはとにかく〝減刑〟ありきだから」

「そりゃあ、弁護士ですから」と重盛は笑って受け流す。

篠原はあきれた様子でため息をひとつついた。

「あなたみたいな弁護士が、犯罪者が罪と向きあうのを邪魔するのよね」

とかく検事は犯罪についてのすべてを知っているのは自分たちだ、と思いこみがちだった。

もちろん事件直後に犯人に長い時間をかけて聞き取りをした警察の調書をもとにして、検事たちは直接、犯人に聴取をするのだから、弁護士は途中から割りこんできて、減刑するために事実を歪めようとする輩だ、と思うのはある種、当然だろう。

だがその検事の思いこみには、〝人を裁く〟傲慢《ごうまん》さも見え隠れする。

重盛の目が鋭くなった。

「え？　罪と向きあうって、どういうことですか？」

篠原は重盛の目をまっすぐに見据えていた。

「〝真実〟から目を背けないってことじゃないですか」

すると重盛は「真実？」と笑い出した。明らかに篠原の青くささを馬鹿にしている笑いだった。

篠原の表情がさらにこわばる。

摂津も重盛といっしょに篠原の青くささを笑っていたが、篠原の表情を見て、取りなしにかかった。

「いやいや、まあまあ」と両手を広げて見せる。

「そのへんで。お互いね、立場が違うのは当たり前なんだから、ね」

摂津の言葉に返事をすることなく、書類を鮮やかな藍色の風呂敷で包み終えると、篠原は黙って部屋を出ていった。

元検事の摂津はひとつため息をついた。

重盛はその様子を見て微笑した。摂津は表向きは弁護士に転じた理由を、ひとり娘が有名私立高校に入学したために、転勤の多い検察を辞めたと説明していた。だがじつは検察の体質のようなものが肌に合わなかったのが原因ではないか、と重盛はひそかに思っていた。

検察の極めて官僚的な上意下達の組織の息苦しさ。さらに篠原に象徴されるように事件のすべてを握ってコントロールしているという尊大さ。そして〝真実〟を知るのは検察のみだ、という傲慢さ。

検察時代の摂津は法廷で顔を合わせても、今のようにはしゃべらなかった。まるで口封じでもされているかのように。司法修習の時には一番陽気だった男が。

重盛は摂津をうながすと、重いカバンを抱えて裁判所をあとにした。

重盛はひとり、三隅の住まいだったアパートを訪れていた。三隅の暮らしぶりの調査のためだ。川島と摂津にはひとりで行くと告げてあった。

場所は登戸駅からタクシーで10分ほどの住宅街だった。古びたアパートが4棟建っている。築年数は短く見積もっても50年は超えていた。壁を補強するためにトタンを打ちつけてあるのだが、錆びてしまったのだろう。白いペンキを塗っているのだが、それがまたなんとも見すぼらしかった。

その隣にある洒落た1戸建てに大家は住んでいた。

電話で重盛が部屋を見せてほしい旨を伝えると、すぐに「いいわよ」と大家の女性が請けあってくれたのだ。

約束の時間より少し前に重盛は到着したのだが、大家の女性は家の前で待っていてくれた。だが「あら、お部屋の鍵、忘れてた」と取りに戻った。

60代の愛想のよい女性だった。

鍵を取って戻ってきた女性は、犬の散歩をしている顔見知りと「こんにちは」と挨拶してから重盛の所に戻ってきた。

「どうもすみません」

重盛が詫びると「いいの、いいの」といって、道路の向かいにある古い1戸建てを指した。

「そこの家、建ぺい率違反してんのよ」

弁護士であることを名乗ると、この手の苦情のようなことを語り出す人がいる。それが法律相談に発展してしまうと厄介なのだが、大家はそういうタイプではなかった。

「ああ全然、隙間ないですもんね」

重盛が受け流すと大家は次の話題に移った。ただの雑談好きだ。じつにこの大家はおしゃべりだった。

「こっちは」と大家は自分が所有するアパートの1棟を指した。

「奥さん2人目。ふたまわりも下」

大家はやや声をひそめたものの、噂の主の住人がいればはっきりと聞こえたことだろう。

「それはうらやましい」

重盛はやはり流す。

「たいへんよ、夜、声大きくて」

さすがにこれは大家も声を落としたが「ヒヒヒ」と笑い声をたてた。

大家は一階の部屋のドアの鍵を開けた。ドアを替えたようで、ドアだけが不自然に真新しい。三隅の部屋だけではなく各戸が新しくなっている。

空き巣にでも入られたのだろうか、と重盛は思いつつ、大家に導かれて三隅の部屋に上がった。

小さな玄関にはサンダルが1足、きちんと揃えて置かれている。三隅のものだろう。まだ三隅の私物はそのままになっている。

玄関の脇にドアがある。トイレのようだ。

「ああ、これね」と大家がスリッパを用意してくれる。大家が自宅から持ってきたものだ。

「すみません」と礼を告げて上がる。

部屋は和室のふた間に小さな台所だ。風呂もついている。

部屋はきちんと片づき、掃除も行き届いている。部屋の隅には寝具が畳まれていた。刑務所での習慣が身に染みついているのだろう。敷布団は三つ折り、掛け布団と毛布は四つ折り、敷布を折り畳んで乗せ、その上に枕とパジャマを並べてある。すべての四隅の角がまっすぐに揃えられている。

大家は静電気でほこりを吸着するタイプのはたきを手にして、家具などを掃除していく。おしゃべりも止まらないが、手も止まらない。働き者だ。

「どんな人でした、三隅さん？」

するると大家は手を止めずに「いい人よ」となおもはたきをかけ続ける。

「ゴミ出しだってちゃ～んとしてたし……」

ゴミ出しにうるさいタイプの大家だ、と重盛は思った。つまり住民の私生活までチェックするタイプの大家だ。多くの情報を持っている可能性がある。

「ああ、頼まれてセーターとか適当にアレしたけど、届いたかしら、緑のこういうの」

大家は首のあたりを手で覆った。緑色のタートルネックのセーターをたしかに三隅は着ていた。

「はい。着てました」

「寒そうだもんね、あそこ。ま、ここもそんなに変わんないか」

たしかに日当たりが悪くて寒い。コートを脱ぐ気にはならない。特に北向きにある台所は照明をつけないと夜のようだ。重盛はきちんと整理された食器棚を見ていた。食器類は基本的にひと揃いだったが、コップはいくつもあった。

さらに食器棚の上にトースターがあった。中古品を買ったらしく古びているがきれいに使われている。食器棚の上にはピーナッツクリームの瓶があった。手に取って見てみると、ほぼ空になっている。底のほうにまだ1回分くらい残っていた。冷蔵庫の上には電器釜がある。だが新品のままで、ほとんど使った形跡がない。パン食だったのだろう。

重盛は食に対して思い入れがないが、幼い頃にピーナッツクリームが好きだったことを思い出した。小学生の頃は、ほぼ毎朝、ピーナッツクリームを塗ったトーストを食べていた。

「冬でもカビ臭いわね、閉め切ってると」

大家はそういいながら、部屋の窓を開けていく。すると目の前に隣のアパートの壁が迫っている。このアパートも建ぺい率は違反しているようだ。

重盛は部屋をもう一度見直す。この部屋にほぼ2年暮らしていたはずだが、三隅の突出した異常性を示すものが見当たらない。本や雑誌や新聞の類もまったくない。ギャンブルが好きだと調書にもあったが、競馬新聞やハズレ馬券などもまったくない。開け放たれた押し入れのなかにも物がまったく置かれていないのだ。テレビやラジオもない。

ギャンブルに耽溺したあげくに犯罪を犯した人物たちの暮らしぶりを随分と見てきたが、ほぼ例外なく部屋が汚かった。自暴自棄に陥っているのだろう。ゴミ屋敷だ。そこに競馬新聞などが積み上げられている。ただ1例だけ整頓されている部屋があった。ひったくり事件で逮捕された男は大きなダンボール箱にハズレ馬券や車券をためこんでいた。当たり馬券の引換期限が切れる寸前にもう一度、ハズレ馬券であることを確認してから、捨てるといっていた。

三隅の部屋には、彼らのような生活の乱れや執着が感じられない。テレビやラジオも新聞もないのだ。ギャンブルの結果を確認する手段が家に置かれていないのが不思議だった。

収納も食器棚と古びた木製のタンスがひとつだけだ。大家の目を盗んで引き出しを開けてみたが、下着や靴下、シャツに作業着などの衣類が洗濯されてきれいに畳まれていた。

30年にわたる刑務所の習慣がそのままの暮らしぶりだ。まるで昨日出所したかのように。

重盛は胸のポケットから写真を取り出して大家に尋ねた。

「あの、この人って訪ねてきてませんでした？」

大家が老眼鏡をかけながら、写真を手にした。

「あ～、テレビで見たわよ」と嫌な顔をして見せた。写真は美津江のものだった。

「でも見かけなかったけどねぇ」

「変装してたかもしれないんですけど」

するといは写真の顔の上半分を手で隠して見た。変装する場合は帽子とサングラスというパターンが多い。さらに下半分を指で隠す。マスクで変装する者も多い。だがどちらも心当たりがないようで「う～ん」と大家は唸って続けた。

「滅多に訪ねてくる人はいなかったけど、でもたまに女の子が来てたわね」

重盛の目がすがめられた。留萌に住む三隅の娘か、と一瞬重盛は思ったが、彼女は36歳だった。〝女の子〟とはいいがたい。

「女の子ですか……」

「ええ」と大家は思い出すためか、遠い目になった。

「いくつくらいの？」

「高校生かな。制服着てたから」

30年投獄されていた男と女子高生……。接点などないはずだ。

続く大家の言葉に重盛は目を見開いた。

「ちょっと足の悪い子。歩く時、こうやって」

大家は左足を引きずって歩いてみせた。間違いなく咲江だと重盛は確信した。接点はある。社長の娘と従業員だ。だが……。

「どんな様子でした？」

重盛は表情を殺して平静を装った。

「よく笑う子だったわよ、明るい声で」

大家はちらりと重盛の顔を見て、そこに変化があるのを目ざとく見てとったようだ。重ねて尋ねてくる。

「あれ？　娘さんじゃなかったの？」

探るような大家の視線を避けて、重盛は「どうなんでしょうね」と誤魔化した。するとと大家は急に興味を失ったようだ。というより、重盛は決して明かさないと思ったのだろう。隣の部屋に移って掃除を始めた。

「ああ、ヤだ。クモがいる」という声が聞こえる。続けて「まぁ、いいか昼間だから」とひとり言を大きな声でいう。〝朝のクモは殺すな夜のクモは殺せ〟という俗信のことをいっているようだ、と重盛は頭の片隅で思った。

咲江と三隅が会っていた。会社ではなく、このアパートの1室で……。

重盛は部屋を見回した。だが、そこに咲江の痕跡は見当たらない。男のひとり暮らしに不似合いなかわいらしいカップなどないか、と食器棚に目をやる。だが地味なものばかりだった。

ただあまりに大きくて逆に見過ごしていたが、部屋には気になるものがあった。鳥籠だ。金属製の大きな鳥籠で、狭い部屋のなかで不釣り合いなほどだ。当然ながらなかに鳥はいない。近づいて見ると、きれいに洗われていて鳥が飼われていた痕跡はない。重盛は小学生の頃にジュウシマツを飼っていたことがある。繁殖させたこともあった。そんなことをふと、思い出した。

小鳥の飼育、カラの大きな鳥籠と空の大きな水槽。中年男のひとり暮らし。ピーナッツクリーム。北海道。重盛は、ふと三隅に近しいものを感じた。重盛の部屋はこれほどきれいに整頓されてはいないし、女子高生が遊びにきたりもしないが。

鳥籠の脇には鳥の餌が詰まった袋があった。半分ほどに減っている。

すると大家がそれに気づいた。

「あ、そうそう。飼ってた鳥が死んじゃったか、何かで……。そこ」と大家は窓の下を指した。

「埋めてもいいかって、わざわざいいにきて」

ゴミ出しも掃除もキチンとする。そして律儀に小鳥の埋葬の許可を得る。

だが彼は殺人者だ。3人を殺している。

重盛はしばらくカラの鳥籠を見ていたが、大家に許可をもらって窓の下の庭に出た。

そこは庭というより通路だった。砂利が敷きつめてあるのだが、エアコンの室外機の脇の部分だけ土がむき出しになっている。そこに〝墓〟はあった。比較的大きな石を拾い集めて周囲を囲み、そのなかに小石で十字を描いている。社長の死体の焼けあとと同じくラテン十字のかたちだ。重盛は周囲を見回した。人影はない。

重盛は地面に落ちていた小枝を拾い上げると、躊躇することもなくザクザクと小枝で墓を暴き始めた。

重盛はひとりで横浜拘置支所を訪れていた。三隅のアパートから直行したのだ。すぐに確認しなければならないことがあった。

三隅は面会室に入って、椅子にかけるとすぐに一礼した。

「差し入れ、ありがとうございました」

重盛は刑務所の売店で、ピーナッツクリームを買って差し入れたのだった。普段は差し入れなどしないが、ピーナッツクリームを端緒にすれば三隅の口が軽くなるかもしれない、という悪意も働いた。

「好きなのかな、と思って。部屋にあったから」

すると三隅はうれしそうにうなずいた。

「大好物です。週に2回、昼にパンが出ますから」

刑務所でもピーナックリームは買えたはずだ。それが三隅のささやかな喜びだったのだろう、と重盛は思ったが、くだらない感傷を追いやって尋ねた。

「鳥、飼ってたんですか？」

「ああ、カナリアをね。死んじゃったんですよ、病気になって」

重盛の顔が小さく変化した。

「お墓……」と重盛が口にした。

「お墓？」と三隅は怪訝そうな顔をする。

まったく覚えていないようだ。

「ええ、窓の下に……」

「ああ」と三隅は微笑してうなずいた。

「鳥籠が大きかったから、気になって。掘ってみたんですよ」

重盛の言葉に三隅の顔から笑みが消えた。表情がなくなる。

その顔を見つめながら、重盛は続けた。

「5羽いっぺんに病気にはならないですよね？」

墓の下には黄色いカナリアが5羽並べて埋められていたのだ。

裁判ではマイナスの影響しかない、と思いつつ確かめずにはいられなかった。心のどこかに、茫洋として捉えどころのない三隅が慌てる様子を見たいという気持ちがあった。

ところが重盛の予想に反して三隅は苦笑した。そんな簡単なこともわからないのか、とでもいうように。

「だって、今さら、外に放されたって、どうせ生きていけないですよ」

そういうと三隅は両手で1羽、1羽、握り潰すマネをした。

三隅の目が愛おしそうにその手のなかの見えないカナリアに注がれている。どんな気持ちでカナリアを握り潰したのか。手のなかで動くカナリア、暴れる小鳥の感触、細い骨が砕ける感触……。そう考えただけで、重盛は全身が総毛立った。

「1羽だけね、逃げちゃったんですよ」

三隅はまるでカナリアの行方を追うように天井に視線をやって心配そうな声でつぶやいた。

「まだしばらく寒いでしょう。どうしてるかな。餌とか」

三隅はまだ天井を見上げている。まるでカナリアがそこを飛んでもいるかのように。重盛はその様子を見ながら怯えを感じていた。得体の知れないものに初めて出くわしたように。三隅はまったく予測不能だったのだ。

「ちょっと」と重盛は三隅に呼びかけたが、声が少し震える。

三隅が重盛に視線を戻した。

「家賃のこと聞きたいんだけど……」

すると三隅はまた、にこにこと笑って楽しそうに答えた。

「3万8000円です。小さいけど風呂もついてて……」

重盛は三隅を遮った。

「大家さんに聞いたんですけどね、事件のあった翌月分の家賃、いつもより10日も早く払ってる」

重盛は三隅の反応を観察した。笑顔が消えて真顔になっている。

三隅の故郷である留萌はもともとは炭坑の町だった。炭坑のカナリアといえば危険なガスを察知して警告を発する鳥だ。そのカナリアを三隅が殺していた。そこに重盛は意図を感じ取っていた。その覚悟を。重盛はさらに問いかけた。

「あなた、最初から捕まるつもりだったんじゃない？」

カナリアを5羽殺して埋葬し、鳥籠もきれいに洗ってあった。そして翌月分の家賃を早めに支払っている。大家のいうとおりに三隅が〝いい人〟だとしたら、逮捕される前に、迷惑がなるべくかからないように、すべての始末をつけた、ということが予想された。

保険金殺人の線でいくなら、美津江と相談後に、決行する日を確認し、そのための準備をしたと捉えられる可能性もある。殺害が計画的であることを証明してしまうから不利に働く。それでも重盛は聞かずにいられない。

三隅は当惑したような表情を浮かべていたが、やがてニコリと笑いかなりの大声で楽しげに指摘した。

「わかってないなあ、重盛さんは」

意外な言葉とその態度に重盛は度肝を抜かれて「え？」と思わず聞き返していた。

三隅は笑顔のまま続ける。確信を持って。

「家賃を払うっていうのは、楽しいんです」

さらに予想外の言葉に重盛は「楽しい？」と問いかけたが、三隅はそのまま続けた。

「ええ、刑務所は家賃いらないから」

三隅はまた笑った。重盛にはたしかにもっともらしい言葉に聞こえた。しかし、いつもだいたい早めに払っていたと大家はいっていたが、10日も早かったのは初めてだ、ともいったのだ。その説明になっていない。重盛が説明を求めようとすると、三隅がまた笑った。

「それ以上の特別な意味はないですよ」

機先を制されてしまった。重盛は焦りを感じていた。主導権をいつのまにか握られている。攻めあぐねて、三隅の顔を見つめた。

三隅は微笑のまま見つめ返す。

膠着状態だ。重盛はもう一度説明を求めようと口を開こうとしたが、三隅にまたも先んじられた。

「重盛さん、手を見せてください」

三隅の突飛な言葉に重盛はまた「手?」とおうむ返ししていた。切れ者の重盛らしくない対応だった。だが三隅の言動はまったく予測がつかなかった。

「ええ、こうして」

三隅はガラスに右の手のひらを押しつけた。

手を重ねろ、ということなのだろうか、と重盛が躊躇していると、三隅は板から手を離して、〝どうぞ〟というように目で合図した。微笑みを浮かべて。

恐る恐る重盛は左手を広げて板に押しつけた。

「大きな手だ」といいながら三隅が右手を伸ばして手を重ねようとした。不気味に思って重盛は思わず手を離した。

「ああ、離さないで」

そういって三隅はとびきりの笑顔のまま目でうながす。

重盛は渋々手を戻した。重盛も手は大きいほうだが、三隅のほうが大きいくらいだった。

「もう少ししたら熱が伝わってきますから」

三隅の言葉はやはり不気味だった。人の肌のぬくもりを求めているのだろうか、と重盛は思った。その対象になっているのが自分であることに嫌悪感を抱いた。

すると三隅が説明を始めた。

「私、直接話すよりも、このほうがその人のことがわかるんですよ。当ててみましょうか？　重盛さんが今、何を考えてるか」

そんな能力が人間に備わっているなら、だれも言葉など話していない、と重盛は冷笑を浮かべて「いいですよ」と答えた。

三隅は顔を横に向けて、目を閉じてしまった。

長い時間だった。三隅の横顔を見つめていた重盛は、自分が三隅と咲江との関係を疑っていることを知られまい、と別のことを考えようとしていた。少し恐くなっていたのだ。だが三隅が重盛を見て小さく息をつきながら笑った。

悟られてしまった、と思って、重盛はハッと板から手を離した。

三隅は意味ありげな笑みを浮かべて、右手のヤケドのあとをかいた。

「おいくつになったんですか？　娘さん」

当てずっぽうに決まっている。だが三隅と咲江の関係を疑っていることを頭のなかから消そうとして考えたことが、なんだったか思い出せない。娘の万引きはたしかに最近の出来事のなかでは大きなものだった。だが頭のなかで常に考えているわけではない。三隅の当て推量だ。

しかし、ここで返事をしないのは依頼人との関係を悪くするだけだ。

「14歳です」

三隅は「そうですか」とつぶやいてニヤリと笑った。

その夜、三隅との接見の報告を摂津と川島にしてから、裁判の準備を始めた。摂津はソファに座っていてコーヒーを飲みながら、しきりに話している。それを川島は自分のデスクで調書やメモを見て確認していた。

だが重盛は自分のデスクでぼんやりした顔で、ピーナッツクリームをたっぷり塗ったトーストを食べている。三隅の差し入れを買った時に同時に買ったわけではない。三隅との奇異な接見を終えてから駅に降り立つと、むしょうにピーナッツクリームを食べたくなって、駅前のコンビニで買ってきてしまったのだ。

まるでピーナッツクリームを食べることで、不可解な三隅のことを理解できる、と期待しているかのように……。その考えがあまりに突飛で狂っていると重盛は気づき、すぐにそのことを頭から締め出した。

そのかわりに重盛の頭を占めていたのは、重盛に娘がいることをいい当てた三隅の読心術だ。娘か息子なら5割だが、結婚していないことも考えられる。現に重盛は結婚指輪をしていない。三者択一の質問だ。それが偶然に当たっただけのことだ、と納得させようとするのだが、三隅の意味ありげな笑みが浮かんできてしまうのだ。

デスクの川島が裁判の手順を告げた。

「えー、その次は三隅の被告人質問です」

すると摂津が資料に目を落としてぼやく。

「こっちのほうがたいへんなんだよなあ」

摂津は重盛に顔を向けて確認する。

「な、主犯はあくまでも奥さんの線で」

摂津の言葉に重盛は「そうだな」とぼんやりした調子で答えた。

「おい、なんかおまえらしくないね。歯切れが悪くて」

摂津にとがめられると、重盛はひとつため息をついて、手を擦りあわせる。

「思ったよりマンションが高く売れないんだよね」

すると川島が「えー、そっちですか！」と素っ頓狂な声をあげた。

大きな反響に重盛は笑ってしまった。三隅の奇矯な振る舞いについて摂津たちに話す気はなかった。川島が同行してメモを取っていないことを感謝したほどだ。

三隅にコントロールされてしまったのだから。とはいえ裁判には何も関係がない。

それにマンションが高く売れないことは本当に悩みの種ではあるのだ。

摂津も力なく笑いながら「頼みますよ、重盛」と訴えた。

「三隅を生かすも殺すも、おまえのコレにかかってるんだからさ」

摂津は握り拳を固めた腕をグイと押し上げてみせる。

「だからコレってなんだよ、やめろよ」

下品なしぐさを重盛がとがめると、コーヒーを運んできた亜紀子がからかう。

「コレはコレですよ、ねぇ」

亜紀子は握り拳をさらに下品に高々と突き上げてから、コーヒーを全員に注いでくれた。

「やめなさい」と、重盛は笑ってしまいながら、コーヒーにスティックシュガーを入れた。なんと3本も入れている。

「なあ、摂津」と重盛。

「え？」

「俺のこと、どれくらい三隅に話した？」

「どれくらいって、ま、司法修習で同期だったたってことぐらいかな」

「娘のことは？」

「いや、話してないと思うけどな。え？　なんで？　何かいわれたのか？」

「いや、なら大丈夫」

〝大丈夫〟は便利な言葉だった。やんわりとした返答の拒否。だが摂津は釈然としない顔をしている。

重盛はすいコーヒーをすすった。三隅が娘のことを話したのはそれでしかたない、と思いながら。

3

重盛はとある高校の校門の前にひとりでたたずんでいた。広い車道を間に挟んでいるが、やはり男がひとりで歩道に立っていると怪しまれるので、さっきまでは何度も通行者を装って歩きながら校門の様子をうかがっていた。だが生徒たちの下校が始まったので、立ち止まって校門に目を凝らす。怪しく見えない程度に電柱に身を寄せて、校門から出てくる生徒たちの視線から逃れている。

目的の生徒はすぐに出てきた。咲江だ。咲江は優秀だった。県内でも有数の公立の進学校に通っているのだ。制服の上に赤いダッフルコートを羽織ってデイパックを背負っている。重盛が訪れた時に玄関で見せた明るい表情はない。あの河川敷で出会った時と同じく暗い陰りをたたえた顔。まるで自分の美貌――ばかりではなく存在そのものを――を消そうとしているかのような暗さ。

生徒たちは三々五々、まとまって歩きながら授業から解放されて楽しげに話しながら歩いている。だがそれとは対照的に咲江はひとりで足を引きずりながら歩く。校門を過ぎてしばらくすると咲江の前を歩く集団に「マコ、もうここでいいよ」と声をかけた。

するとひとりの少女が大きな布のバッグを持って、引き返してきた。引き返してきた少女は校門のなかを覗きこんでから、手にしていた布製のバッグを咲江に手渡す。

足の悪い咲江のために手荷物を駅まで運ぶように教師に申しつけられてでもいるのだろう、と重盛は推測した。咲江は〝障がい者〟として扱われ、同情されることを拒否しているのかもしれない。

それゆえか、2人の間に友情はないように見えた。むしろ、その逆の感情か。声は聞こえなかったが、バッグを渡すと少女は笑顔で咲江に手を振った。咲江も何か声をかけていた。だが2人の間で交わされる言葉は表層的なものに思えた。

咲江には友人がいないようだ。超然とした存在なのか。それとも足が悪いこともあって疎外されているのか。いや、と重盛は思った。父親を殺された足が悪い暗い子として忌避されているのかもしれない。

咲江はひとりで荷物を手にして歩いていく。重盛は通りの向かいの歩道をゆっくりと歩き出した。

ＪＲ南武線の駅まで10分を少し超えるほどの時間で到着した。そこから登戸駅まで電車で10分。足の悪い咲江でも通学はそれほど苦にならない距離だ。電車もそれほど混んでいない。朝のラッシュもこの区間なら上りでもそれほどひどい混雑ではない。

咲江は駅に降り立つと、自宅には向かわずに、小田急線に乗り換えると、次の向ヶ丘遊園駅で降りた。

重盛はそのままあとをつけていく。

咲江は図書館に入っていった。大きな図書館だ。登戸駅から歩くと1キロ近くになるだろう。ひと駅でも電車に乗るとだいぶ楽だ。

咲江は受付で申し出て、〝青少年エリア〟という名の閲覧席を得て、そこに向かった。そのエリアでは学生たちが勉強していた。ざっと１００席ほどもある広さだが、そのほとんどが埋まっている。

書架から本を1冊手にして、読むふりをしながら、重盛は咲江の様子をチラチラと見ていた。

咲江は席につくと、大きな白いヘッドフォンをつけて、大学の過去問題が掲載された本――通称赤本――を取り出して、熱心に解き始める。

30分ほどすると、咲江は本を閉じて席を立った。咲江を追おうかと思ったが、赤本が気になった。

席に近づくと赤本の表紙が見えた。〝北海道大学　理系・前期日程〟とあり、その隣に獣医学の参考書が広げてある。

重盛はすぐにネットで大学の難易度を調べた。すると獣医学部で北海道大学は最難関だった。偏差値は70。同じ偏差値なのは東京大学の農学部の獣医学科のみだ。

なぜ北海道なのだろう、と重盛は思った。そして、重盛は談笑していたという三隅と咲江の姿が頭に浮かんだ。三隅は北海道出身だ。そのことが、何か影響しているのではないか……。2人の関係はますます濃い。

どんな関係なのだろう。

男女の関係なのか？　まさか……。

重盛はまた書架に身体を隠すと本を読むふりをしながら、三隅と咲江の関係の可能性を考え続けた。

咲江が席に戻ってきた。それから1時間、咲江は夢中になって問題を解いていた。かなりの集中力だ。だがいきなり本を閉じると、片づけを始めた。

小日急線で登戸駅まで戻ると、咲江は繁華街を歩いてドラッグストアに立ち寄った。重盛も店に入って商品を物色するふりをしながら、咲江の様子をうかがう。化粧品のコーナーを見ている。

重盛は急に娘の結花の万引きの一件を思い出して、ひやりとした気分になった。だが咲江はもちろん万引きなどせず、何も買わずに店を出て、家に向かって歩き出した。

駅から離れるにつれて町並みが寂しくなる。シャッターが降りたままの商店が並ぶ、シャッター通りだ。

重盛は反対側の通りを咲江より少し遅れて歩く。

被害者の家族に加害者の弁護士が接触することが禁じられているわけではない。だがもし被害者の家族を怒らせてしまって、検察に訴えられたりすると、大きなクレームが来る。下手をすると懲戒を請求される可能性もあった。重盛はきっかけがあったら偶然を装って話しかけようと思ったが、踏みきれなかった。咲江の素行を調べたいという気持ちもあった。だが今まで見たところでは、彼女の素行はまったくノーマルなものだ。少し引っかかるとすれば友人がいないことか。彼女の友人は、58歳で殺人犯で30年の懲役を刑務所で過ごした男。これはノーマルではない。そしてその男は、咲江の父親を殺害したのだ。

事件について、咲江が何か知っている、と重盛は直感していた。

咲江が急に立ち止まった。

重盛は慌てて身を隠そうとした。だが隠れるようなものがない。

咲江は振り向いたりせずに、かがむと足につけている装具を直した。装具を足に固定しているマジックテープを剝がして、つけ直す。

その音が、さびれた商店街にやけに大きく響いた。


横浜に戻ると、重盛は川島に連絡を取った。ちょうど川島は横浜に戻ってきたところだったので事務所には戻らずに駅前にある喫茶店で落ちあった。

前の東京オリンピックの年にオープンしたという老舗の喫茶店だった。茶色をベースにした落ちついた内装で、コーヒーもおいしい。そして何よりいつも空いていた。50卓はある広い店内で重盛たちのほかに、客は2組だけだった。守秘義務に配慮するには充分なスペースがあった。

「足は生まれつきだったみたいです。でも……」

川島が咲江についての資料を報告している。

「でも？」と重盛はコーヒーを飲む手を止めた。おいしいコーヒーだが、やはり重盛は砂糖をたっぷりと入れている。

「ええ、まわりには子どもの頃、工場の屋根から飛び降りて怪我したって……」

「なんで、そんな嘘つくんだ？」

川島は「さあ」と首をひねった。

たしかにその理由は周辺調査ではわからない。本人に尋ねるしかないが、あまりにデリケートな問題だ。重盛は命じておいたもうひとつの懸案を尋ねた。

「じゃ、事件の当日は？　咲江の……」

「はい。学校が終わって帰宅してからは外出してないみたいです。まぁ、足もあんなですし」

咲江に確たるアリバイはないということだ。

重盛は咲江が父親の殺害に関与しているのではないか、との疑いを強めていた。

重盛と川島が事務所に戻ってくると、事務所のなかから男性の話し声が聞こえてきた。重盛はその声を聞くと吐息をついて顔をしかめた。

声の主は重盛の父親の彰久《あきひさ》だった。76歳になるがよく通る声で廊下まで聞こえていた。

父親は応接セットに腰かけている。その向かいには亜紀子が座っていた。２人は緑茶を飲みながらカステラを食べている。父親は退官後に郷里である長崎に戻って暮らしているのだ。まず間違いなく父親の手土産だ。

重盛はあまり父親に似ていなかった。どちらかといえば母親似だ。父親は小柄でおしゃれで器用で口が達者だった。おしゃべりといってもいい。今も亜紀子相手にペラペラと鑑定書についてのうんちくを語っている。

「だからさ、検察側と弁護側の精神鑑定が１８０度、逆なんてザラだからね。精神医学なんてアレ、科学じゃなくて文学ですよ」

「また得意の鑑定批判ですか」

重盛はそういいながら自分のデスクに向かった。

相手をしていた亜紀子はこの機を逃さずにソファから立ち上がって、「お帰りなさい」と自分のデスクに戻った。

「はい」と亜紀子に返事をしながら、重盛はコートを脱ぎ始めた。

「これ」と父親は書類の入った紙封筒を取り上げて見せた。

「約束の〝留萌強盗殺人事件〟。急に連絡してくるからびっくりしたよ」

父親はうれしそうに笑っている。隠居してからは裁判官としての見識を求められることはまずなかった。やはり仕事のことで息子から頼られるのはうれしいのだろう。いや、ほとんど連絡もしてこない息子からの久しぶりの連絡がうれしくて、いそいそと長崎から資料を持って出てきたようだ。

重盛はコートをかけると、突っ立っている川島に父親を紹介した。

「あ、こちらね、重盛元裁判官」

川島が驚き、重盛に確認する。

「あ、お父さん?」

「うん」と重盛がうなずく。

川島は早速、父親に挨拶をすると、父親が川島に書類を差し出した。恭《うやうや》しく川島が受け取る。

「どうもありがとうございます。参考になります」

重盛がデスクに向かいながら父親に告げた。

「わざわざ来ていただかなくても郵送でよかったんですけどね」

重盛はあてこすりをいったつもりだったが、父親はまったく無視した。

父親は川島に尋ねる。

「君は何期なんだ？」

「69期です」

「たいへんだろ〜、今、増えたから、弁護士」

2016年に司法修習を終えた川島の同期は1762名もいた。検察に行ったのは70名、裁判官となったのは78名。検事や裁判官になるには司法試験も司法修習中の試験も上位でなければならない。残りはほぼ全員が弁護士登録している。

大手事務所に勤められた弁護士はいいが、川島はあぶれた。仲間の何人かも就職に失敗して〝即独〟をしている者がいた。就職先がないために〝即時独立〟して始めるしかないのだ。オフィスを構えるにはそれなりの資金が必要になるので、名刺だけ刷って、自宅をオフィスにしている者もいた。それに比べれば専用のデスクまで用意してもらえている川島は幸せの部類だ。

「重盛さんにおんぶに抱っこで……」

川島は父親と重盛に頭を下げる。

「ノキ弁ってヤツだな」

父親はこういうさばけた言葉も好んで使う。

「はい、そうです」と川島も答える。

そこに亜紀子が口を挟んだ。

「重盛先生って、子どもの頃は裁判官になりたかったんですって？」

「え？　マジすか？　意外」と川島がさっそく、資料を見ながら驚いている。

重盛は渋い顔になった。重盛が裁判官を志望していたのは間違いない。だが司法試験の成績も司法修習の試験も、上位には入れなかったのだ。

だが弁護士として成功している。何より確実に裁判官よりも稼いでいた。それでも裁判官であった父親にこの話を持ち出されるたびに、不愉快な気分になるのを抑えられない。

裁判官として、〝裁く〟ことへの憧れが昔から重盛にはあった。父親のことを嫌いなわけではなかったが、長崎に寄りつかないのは、そんな感情のしこりがあるからかもしれない。

「ちょっとそういう昔の話はやめてもらえませんかね」

重盛がたしなめるが、父親は完全に聞き流して、亜紀子を指した。

「おまえ、あの子なんかどうなんだ？」

亜紀子に遠慮することもなくずけずけと父親はいった。亜紀子は笑っている。

「え？」

「バツイチは忍耐強いぞ」

そこまで聞き出していたうえに、あけすけな物言い。重盛はあきれてしまった。

「俺はまだ離婚が成立してませんから」

「じゃあ、俺が先に立候補しちゃおうかな」

父親の軽口に亜紀子が大笑いしている。若い頃から女性をからかうのが好きで、レストランなどに行くとウエイトレスの女性に冗談のひとつもいわないと気がすまない。いっしょに食事に行くと、重盛はそれがどうにも恥ずかしかったものだ。とはいえ堅物の多い裁判官としては珍しい存在だった。

「もういいから、用がすんだら早く帰ってくださいよ」

露骨に父親を邪険にする重盛に川島が驚いている。だが父親はまったく意に介さない。

「いや、今回、2、3日、こっちで泊まろうと思ってさ」

「え？」とこれまた重盛は迷惑そうな顔をした。

いくぶん声をひそめて父親は尋ねた。

「おまえさ、広尾のビスボッチャってイタリアン、知らないか？」

イタリア政府が公認しているラ・ビスボッチャは高級イタリアンだった。

「知らないよ」

重盛はうんざりした調子で答えた。引退してから父親は、今までできなかったことや興味のなかったものに〝チャレンジ〟し始めた。そのひとつがレストランの食べ歩きだった。母親が亡くなってからはひとりでどこへでも出かけていく。

重盛がため息まじりに尋ねた。

「で、どうするんですか？ 今晩」

亜紀子が本気で心配して尋ねた。

「予約しましょうか、ホテル？」

すると父親は薄く笑った。

「じゃあ、スウィート、2名で」

そういうと父親は亜紀子にウィンクを送った。

そのウィンクを受け取って、亜紀子は爆笑した。

「お父さん、オモロイわ〜」

重盛は今度は深くため息をついた。

重盛からマンションの部屋の鍵を預かると、父親は早々に事務所をあとにした。

当然ながらビスボッチャには行っていないし、ホテルにも泊まらない。

重盛がいつもより早めに帰宅すると、父親の鼻唄が聞こえてきた。事前にまもなく帰ると電話していたのだが、キッチンから料理の匂いがしてくる。

部屋が片づいていた。掃除機もかけたようだ。キッチンテーブルのまわりにずらりとかけてあったスーツもどこかに片づけてある。テーブルの上もすっかり片づいて、久しぶりに家に灯がともったような気がした。

重盛の家のキッチンは対面式だ。重盛はこれまた久しぶりにスウェットに着替えると、ソファに座りこんだ。

父親はどこから引っ張り出してきたのか、妻のエプロンをつけて手慣れた様子で夕飯の支度をしている。どうやらイタリアンのようだ。

父親は若い頃から料理が好きで、休日などにはよく料理をつくった。凝った料理ではないが、ひと工夫があってなかなかに上手だった。

今日はカラスミのペペロンチーノだ、と父親は重盛に楽しげに告げた。カラスミは父親が長崎から持ってきたものだ。最初から重盛の部屋に泊まるつもりだったのだ。

重盛は父親が持ってきてくれた〝留萌強盗殺人事件〟の当時の事件の記事などをまとめたスクラップブックに目を通している。

27歳の三隅の顔写真が新聞に載っている。やはり痩せている。くせのある髪を長髪にしていて、さらに野性味があった。

父親が皿の用意をしながら重盛に声をかけた。

「ただ殺したかったんだよ、あいつは」

重盛は顔を上げた。

「それが動機？」

「楽しむように殺して、で、燃やした。いるんだよ、そういう獣みたいな人間が」

「でも」と重盛は当時の記事を示しながら、反論する。

「この時の判決は、本人の不幸な生い立ちとか、あと貧しさを理由に、ずいぶん情状酌量してるじゃないですか」

「30年前だろ」と父親は皿を並べ終えて、キッチンに戻って続けた。

「犯罪は社会から生まれるって考え方が、まだ世の中にもあったからな」

重盛は薄く笑った。

「時代のせいにしちゃいますか」

父親は息子の指摘に嘆息した。

「別に俺は昔っから死刑廃止論者じゃないよ」とまた吐息をついて口を開いた。

「まあ、あの時の温情判決の結果、また人が死ぬことになった」

その言葉からは自嘲が感じられた。

父親は「反省してますよ」と開き直ったように大きな声を出した。

カラスミをおろし金でおろしながらなおも続ける。

「いいか。殺すヤツと殺さないヤツとの間には、深ーい溝があるんだ。それを越えられるどうかは生まれた時に決まってる」

暴論だった。殺人を犯す者は生まれつきだというのだ。父親は裁判官人生の晩年になって、似たような言葉を何度か口にするようになった。

反発を感じながらも、重盛は経験を積んだ裁判官の〝本音〟なのだろう、とどこかで納得していた。

だが、重盛も法廷の経験を積んで、自分なりの倫理観を持っている。重盛は資料のなかに入っていた1枚のハガキを手にした。

「ずいぶん傲慢な言い方ですね。更生するとか信じてないんだ。こんなハガキまでもらったのに」

そのハガキは三陽が父親に宛てたものだ。去年の12月の消印で、三陽が仮出所してから約1年が経過していた。就職していることや、幼かった娘との思い出が記されて、イラストまで描かれている。

重盛はソファからダイニングテーブルに移った。

父親は顔をしかめた。

「そう簡単に人間は変われるなんて考えるほうがよっぽど傲慢だよ。今回だって、金欲しさに殺してんだろ?」

重盛はすぐに返事をしなかった。できなかったのだ。テーブルに頬杖をつくと「いや」とつぶやいた。

「何か別の理由があるような気がするんだよなぁ」

重盛の問わず語りの言葉に父親はパスタの茹で具合を見ながら、ついでのようにい い放った。

「あんなヤツ、理解しようとするだけ無駄だぞー」

「無駄って言い方はないでしょ」

きつい言葉になった。すると父親も険しい顔になる。

重盛はいい放ってから、ハタと気づいて愕然とした。

父親を超えたつもりになっていた。だが、ほんの数カ月前に、父親と同じことを川島に告げていた。「理解とか、弁護するのにいらないよ」と。

いつのまにか父親と同じことを思っているのだ。父親とは違って弁護士の世界から事件を見ているつもりだった。だが同じところに辿りついてしまった。いや、そもそも同じ立ち位置だったということか。根本のところが同じで……。

重盛は混乱していた。自分のなかの何かが危うくなっているのを感じていた。

すると、父親が重盛に鋭い目を向けてきた。

「親子でもわからないのにさ」と父親は、鍋から取り上げたパスタを1本、食べながら続けた。

「ましてや他人のことなんか……」

父親は「うん、いいや」とパスタの仕上げに取りかかった。

反発を感じながら、重盛は三隅のハガキに目を落として、動けなくなった。そして思っていた。

北海道に行こう、と。意地でも三隅を理解してやろう、と。

4

重盛は並行して進めていた仕事を片づけて、なんとか丸一日だけ空けることができた。北海道への日帰りは初めての経験だった。

羽田を六時四十分発のフライトで旭川空港に出て、バスで旭川駅まで出た。旭川から深川駅までは特急で、その後JR留萌本線で留萌駅に向かう。

留萌本線は日本で一番短い〝本線〟だった。しかも、その一部である留萌—増毛間が廃線となり、さらに短くなってしまった。重盛たちが乗りこんだ深川—留萌間も廃線が検討されている。

ディーゼル車両が1両のみだが、重盛と川島のほかに乗客は2人しかいない。

重盛と川島はひとりずつで4人掛けのボックス席を独占していた。川島は長い移動時間を有効に使うために、たくさんの仕事の書類を持ってきていた。広い席でせっせと仕事に励んでいる。

その隣のボックスで重盛は車窓を見ていた。3月の北海道はまだ冬の装いだ。雪で真っ白の車窓にはすぐに飽きてしまった。

重盛も山ほど仕事がたまっているが、どうもやる気が起きない。

ぼんやりと父親に宛てられた三隅のハガキを見ていた。


〝重盛裁判長様。

ご無沙汰しています。

裁判でお世話になった三隅高司です。

昨年、仮釈放され、今は川崎の食品加工工場で働いています。

先週、こちらでも大雪が降って、故郷の北海道を思い出しました。

娘の誕生日に雪で大きなケーキをつくったんです。

娘は手袋をしていなかったので、私のをひとつ渡しました。

娘は手を真っ赤にしながら、自分の背より大きなケーキをつくっていました。

冷たくて……温かい思い出です〟


そこに娘と三隅であろう人物が描かれている。その背後には雪でつくったケーキも描かれている。

文面を見ながら、重盛は不思議な感覚に捕らわれた。なぜ娘との思い出を裁判長に書き送ってきたのか？　この幸せを奪ったのは裁判長だとでもいうつもりなのか。それともただ単に雪が降ったので思い出した懐かしいことをハガキで書き送ってきたのか。

当然ながら、三隅が重盛元裁判長の自宅住所を知るはずもなく、札幌地裁にハガキを送ってきたのだ。すでに退官していたが、職員が内容に問題なしと判断して、父親に転送している。

重盛元裁判長が退官していることは三隅も知っていただろう。届かないかもしれないものをなぜ出したのか。

ハガキを見ながら、その絵に引きつけられた。

手袋をせずに雪に触ったために赤くなったという手が真っ赤に塗られているのだ。娘は左手、三隅は右手。まるで真っ赤な手袋をしているようだ。

重盛は、咲江が真っ赤な手袋をしていたことを思い出した。

このハガキを出した頃には咲江と三隅は知りあっている。

それは偶然の一致以外の何物でもない。裁判に提出できる証拠にはならない。

だが、そのハガキが気になって仕方がない——。

北海道の雪原で咲江と三隅が雪合戦をしている夢を見た。咲江はあの赤い手袋をつけて笑顔を弾けさせ、声をたてて笑う。三隅も大笑いしながら、大きな雪の塊を逃げる咲江に投げる。その様子を重盛は離れた場所で眺めているのだ。

咲江が敏捷に走っている。足の障がいは夢の世界では消えている。

すると重盛に雪玉がぶつけられた。

見ると、いつのまにか咲江がすぐそばに来ていて、雪玉をぶつけたのだ。

咲江はいたずらをした娘のように楽しげに笑っている。雪合戦をしようよ、と誘っているのだ。

重盛はいくらかの抵抗を感じながらも、その誘惑に抗しきれなかった。雪を丸めると咲江に向かって投げた。すると三隅が重盛に大きな雪玉を投げつける。

雪合戦をして火照った身体を冷まそうと咲江がいって、3人は仰向けになっていっしょに雪原に倒れこんだ。綿のように柔らかな雪が身体を包みこむ。まったく冷たくない。三隅と咲江は両手を広げて、両足を揃えて伸ばしていた。2人は十字架のようになって倒れこんでいた。焼かれた遺体のように。そしてカナリアの墓のように。

だが重盛は足を開いていた。十字架ではなく〝大の字〟だった。

重盛はそこでほっとする。咲江と三隅と〝同じ〟になっていない。そんな気がしたのだ。

そこで重盛は目が覚めた。

〝同じ〟？　なんのことだ？

チラリと横に視線を向けた。揺れる車内で、川島が資料を広げて一心不乱に仕事を片づけていた。

重盛は、窓の外に広がる雪原を今度は飽くことなく見つめ続けた。

留萌駅に降り立ったのは、正午を少し過ぎた頃だった。そこからバスで沿岸を走る。そこに30年前の事件を担当した元刑事の家があった。

さびれた漁村だった。海岸沿いに並ぶ木造の家々は原型をとどめないほどに朽ち果てているが、いずれも漁師の家だったようだ。

空き家が並ぶ通りは気が滅入るような光景だった。

北海道の経済が疲弊しているといわれて久しいが、重盛はそれを実感していた。九州出身で雪に慣れない川島は雪道をおっかなびっくりで歩いている。しかもスパイクつきの長靴を履いているのに、だ。その横で歩く重盛は北海道育ちだけあって、普通に革靴でも危なげない歩き方だ。

川島が尋ねた。

「前の事件の時って重盛さんいくつですか？」

「昭和だと？」

「61年」

「じゃあ、高校2年生かな」

「覚えてます？」

重盛は即座に否定した。

「いや、北海道、広いからな。こんな小さな町の事件なんかだれも知らないよ」

川島はなるほどというようにうなずいた。

「借金取り、2人殺して、金奪って、現住建造物放火。これでよく死刑にならなかったですね」

重盛はうなずいた。

「その時、死刑にしてたら、また、こんな被害者出さずにすんだのにな」

「お父さんが聞いたら怒りますよ」

するとと重盛が薄く笑った。

「その元裁判長が、そういったんだよ」

川島は驚いてポカンと口を開けた。


その元刑事の家には教えられたとおりに、バス停から歩いて5分で辿りついた。大きな古びた家だった。周囲には家がない。雪に覆われてわからないが、おそらく周囲は畑だ。もともと、農家だったのだろう。

元刑事の名は渡辺といった。来意を渡辺の妻に伝えると、重盛と川島は応接間に通された。

磨き上げられた板張りの床で、大きなストーブが真んなかに置いてある。ストーブを挟むようにしてソファが向かいあわせに配置されている。

外から春の陽差しがいくらか射しこんでいるが、電灯をつけないので、部屋のなかはかなり薄暗い。

渡辺は眼光鋭い老人だった。引退してから20年近くになるというが、その顔つきにはいまだに、人を圧する力があった。

渡辺は当時の手帳を手に応接間に現れると、手帳のページを繰った。部屋が暗くて読めないのではないか、と重盛は思ったが、渡辺はよどみなく告げた。

「逮捕したのは昭和61年の1月22日。大雪で留萌本線が止まって。寒い晩だった」

手帳にそこまでのことが書いてあるとは思えない。渡辺はおそらく事件を正確に覚えているのだろう。手帳は警官時代からのくせにすぎないようだ。

重盛は渡辺を〝事件の担当だった刑事〟としか聞かされていなかった。

「三隅は渡辺さんが逮捕されたんですか？」

「ああ、事件の翌日に、駅のベンチに座ってたのを私が見つけたんさぁ」

まだ27歳の三隅が、駅舎のなかで凍えている姿を重盛は想像した。その駅舎でひと晩を過ごしたのだろうか。夜間に出入りはできたとしても、駅舎のストーブは焚かれることがないだろう。厳冬期のことで死んでもおかしくない。

三隅は自動車の運転免許を持っていない。車を盗んで逃げるのは無理だろう。だが強盗をしているのだから、現金を持っていたはずだ。タクシーで逃亡してもいいようなものだ。なのに、電車の運行が始まるまで駅舎で待っていた、という〝無気力〟さは、今回の事件の際の〝逃亡〟に似ていた。
川島が口を開いた。
「動機はなんだったんですか？　殺害の」
「怨恨ということになってるけどさぁ……」
渡辺の歯切れが悪くなった。
「なってる？」
重盛が問いかけた。
「ああ、正直、よくわからんのさぁ。取り調べの間もコロコロいうことが変わって
……」
重盛と川島は言葉を失っていた。摂津とまったく同じ見解だ。
渡辺は当時の困惑を思い出すのか、眉間に縦じわが寄った。
「炭坑なくなってから、このあたりは、失業者があふれて。そういう連中にヤクザが
高利で金貸して、みんなひどい目にあってたから……」
そこに渡辺の妻がお茶を持って現れた。
「ああ、こっちはいいから」と渡辺は妻に告げた。
おそらく渡辺は妻に仕事の話をいっさいしてこなかったタイプ、と重盛は思った。

重盛もほとんど妻に仕事の話をしなかった。

妻はお茶をテーブルに置くと、重盛と川島に丁寧に会釈をして去った。

渡辺は妻が去ったのを見届けると、再び口を開いた。

「まあ、怨恨のほうが死刑を回避できると考えたんじゃないかい？　弁護士が」

渡辺の言葉には弁護士を責めるニュアンスがあった。真実とは違う〝絵を描いた〟のだ、と。

だが、と重盛は思った。この事件での三隅の情状酌量のひとつが〝貧しさ〟だった。実際に殺害された借金取りたちに、ひどい取り立てにあっていたのではないのか。

「三隅に個人的な恨みがあったわけじゃないんですか？」

重盛が問いかけると渡辺の眉間のしわが深くなった。

「高司自身の恨みとか憎しみとかはなかったです」

断言する渡辺の言葉に重盛は困惑していた。三隅の動機が見えない。

渡辺は続けた。

「それが逆に不気味というか……」

渡辺は言葉を切って、しばし考えこむような顔になった。

「なんだか空っぽの器のような」

「器ですか……」

重盛は尋ねたつもりだったが、渡辺はひとつうなずいただけで、返事をしなかった。おそらくは説明できないのだろう。

ただ空っぽだと思ったのは、重盛も同じだ。初めての接見の時に〝空疎〟だと感じた。だがそこに器があるということ。その器には何が入るのだろうか？

重盛は険しい顔をして押し黙ってしまった渡辺の顔を見つめながら、器に入るものを考えていた。

たとえば大切に思っている人が容赦ない取り立てにあっているのを目の当たりにして、怒りに駆られて殺してしまった……。

つまり憤怒が器に入ったのか？

だが当時の三隅は妻帯者で幼い娘がいた。それを考えずに犯行に及ぶとは思えない。ただしそれはあくまでも重盛の理解だ。そもそも借金取りを2人殺しても、かわりはいくらでもいたはずだ。取り立ては続いただろう。

やはり三隅は異常者なのか……。

重盛は腕時計に目をやった。14時。食事をして、本来の目的である三隅の娘の恵に話を聞かなければならない。

重盛は渡辺に礼をいって、辞去した。

事務所で留萌の名物はタコだといっていたのに、重盛が選んだのは駅前のラーメン屋だった。新鮮な魚が食べられると思っていた川島は不満げだった。

三隅の娘である恵に電話をしてもまったくつながらなかった。さらに留萌駅からタクシーで10分ほどのアパートを訪れたが、転居していた。大家や隣の部屋の住人に尋ねても転居先は知らないと告げられた。

留萌駅の周囲もさびれているように見えた。駅前には新しい店もあるが、駅前から続く商店街は駅から離れるほどに、シャッターが閉まったままの店が目につくようになっている。

時間はまもなく午後5時になる。もう日帰りはあきらめて、駅前にある旅館に部屋を取った。朝一番で帰ってこら横浜に戻れるのは昼すぎになってしまうが仕方がない。

重盛と川島は恵の勤め先である店を探して商店街を歩いていた。

もう周囲は暗くなって街灯がともっている。街灯の明りが舞い降りてきた雪を照らす。

商店街を歩く人の姿はほとんどない。ただ時おり、自動車が走り抜けていく。

「重盛さん、車、来ます」

背後を歩く川島にいわれて重盛は道の端に寄った。渡辺にいわれた〝器〟が気になって仕方がないのだ。気もそぞろだ。

「なあ、店の名前、なんだっけ？」

重盛が問いかけると、川島がメモを確認した。

「ワールドワンです」

勤め先の住所はこの辺りだった。看板を見るとスナックやバーなどが多い。

川島が看板の名前を読み上げていく。

「クラウン、ひとみ、ムスカ、ストリート……」

「ああ、これじゃない？」

重盛が先に見つけて指した。

〝キャバクラ　ワールドワン〟と派手な紫色の看板があった。

大きなカウンターテーブルが入り口を入ってすぐにあり、その後ろにボックス席があるが、いずれもテーブルに椅子が上げられている。まだ開店前で照明を落としているド派手な原色の装飾品が壁や柱に飾られている。照明がすべてつけられたら、にぎやかになりそうだ、と重盛は店内を見渡した。

こういう店に来たことはなかった。

店のオーナーである40代の男性店長は、重盛たちが名刺と手土産の羊羹を出して挨拶をすると、不機嫌そうな顔になった。

カウンターの後ろにあるソファを黙って指した。重盛と川島がソファに並んで座ると、重盛たちに背を向けて食べかけだったラーメンを食べ始めた。店長の隣に座っているピンクのドレスに赤い髪のキャバクラ嬢も、ラーメンと、そして餃子を食べている。接客業としてはありえない選択だ。

一向に話を聞いてくれる気配がないので、重盛は店長に後ろから声をかけた。

「父親から連絡とか、最近ありませんでした？　お金が届いたり、とか」

だが店長は返事をしない。ただラーメンをすすっている。痺れを切らして重盛がもう一度呼びかけようとすると、隣で餃子を食べている女性に店長が尋ねた。

「ユカリ、恵から父親の話、聞いたことあるか？」

餃子を咀嚼しながらユカリは答えた。

「パパって呼んでた人なら知ってるけど」

ユカリは冗談ではなく本気でいっているようだった。

パトロンというニュアンスではないだろう、と重盛は思った。〝パパ〟と呼ぶことで恵というキャバクラ嬢は、男に取り入ろうとした。だが男に軽くあしらわれている。そんな姿が想像されて、一抹の寂しさを感じさせる。

店長が笑い出した。

「バカ、おまえ、そっちじゃなくて、本当のだよ」

ユカリもおかしくなって笑い出す。

重盛は割って入ろうとしたが、騒々しい声にかき消された。

「おはようございま～す！」

挨拶しながら2人のキャバクラ嬢がクリーニングしたドレスを肩にかけて出勤してきた。

「何時まで飲んでたんだよ」と店長が嫌な顔をして女性たちの顔を見ている。

「5時まで飲んでました〜」

女性が答えると、店長が叱った。

「顔、パンパンだぞ」

もうひとりの女性が店長に楽しげにいい返す。

「うるさいよ。カラオケしてたの」

さらに店長の隣の女性に「昨日、健ちゃんとうまくいったんですよ〜」などと女性たちはかしましい。

「恵さん……」

重盛はかき消されないように、大きな声を出した。

「恵さん、どこ行ったかわかりませんか？　店長」

店長はラーメンをすすると、背を向けたままぼそりといった。

「全然わかんない」

さらに「ま、わかってても教えないけどね」と笑った。

「そんなこといわずにお願いしますよ」

重盛がいうが、店長はやはり何もいわずにラーメンを食べ始めた。

重盛は立ち上がって、店長の隣に立つと、カウンターに手をついて耳元で頼みこむ。

「店長、お願いします。彼女の証言で、死刑が無期に落とせるかもしれないんですから」

実際、重盛はそこまでの効果があるとは思っていなかった。ただ娘に三隅のことを尋ねたかった。服役中に三隅に面会したことがあるのか。そして、どんな人間であるのか、を。

「死んでほしいって」と店長はつぶやくように告げた。

重盛が怪訝そうな顔をすると、店長は言葉を重ねた。

「あんな人、早く死んでほしいって、そういってたよ」

初めて店長が重盛の目を見た。そこには静かな怒りがあった。

重盛は返事ができずにいた。

「事件のあと、すぐに東京から警察が来て……。それであの子はこの町で暮らせなくなったんだぞ」

重盛はやはり口を開くことができなかった。

「子どもはいつまで親の罪を背負わなきゃいけないんですかね」

おそらく問いかけではなかった。そんな男の弁護をする男たちに対する、店長の怒りの言葉だった。

以前の重盛なら〝子が罪を負う必要などない〟と切り捨てていたところだろう。だがなぜか答えられなかった。

結局、その日は日帰りができた。深川までタクシーで出れば旭川空港の最終便に間にあうと聞きつけたのだ。

旅館をキャンセルして、駅前で客待ちしているタクシーに飛び乗った。

重盛はおしゃべりな運転手との会話は川島にすべて任せて考えこんでいた。

36歳の娘。もともと貧しかったという三隅の家だ。三隅が殺人で捕まったことで、さらに家計は困窮しただろう。娘の姓は三隅のままだったから、母親は再婚もせずに女手ひとつで育てたようだ。36歳にして場末のキャバクラ嬢という現状から類推しても、その人生が幸せなものだとは重盛には思えなかった。

だが父親が再び、殺人を犯したからといって、出奔する必要が彼女にあったのだろうか、と重盛は気になった。アパートでは隣近所とのつきあいはまったくなかった。さらに、この店でも、親が殺人犯だとしても居づらくなるような場所ではなさそうだ。現に店長はそんな恵に同情的だった。

おそらく出奔の原因は何か別にある、と重盛は確信した。

横浜に帰った翌日、仕事を急ぎ片づけ、重盛は川島を連れて拘置所を訪れた。

三隅は暗い面会室に現れ、愛想よく笑っている。

だが北海道に行ってきたと告げると、三隅の様子が一変した。急に顔つきが険しくなり、イライラして視線が定まらなくなった。面会室の闇が、より深くなる。

「行くなら行くって、先にいってほしかったですね」

これまでにないほどの強い口調だ。

川島のみならず、重盛も驚くほどに。

重盛は声を落として説明する。

「情状証人としてね、娘さんを呼ぼうか、検討しようとして……」

「来ないですよ」と三隅は吐き捨てるようにいった。

「僕なんかのためにわざわざ」

三隅はさらに怒りをぶつける。

「早く死んでほしいって、そう思ってんだから」

三隅のいうとおりだったが、重盛は口をつぐんだままだ。

三隅はイライラと視線を移しながら、なおも怒りをぶつける。

「思い出したくないこともあるんですよ。察してください！」

怒鳴ってはいなかったが、かなりの声量だった。怒鳴ったりすると刑務官が様子を見にきたりする。それがなければ怒鳴っていたことだろう。

重盛はほぼ無意識のうちに検事の篠原がいっていたようなことを口にしていた。自分が鼻で笑ったのと同じ言葉を。

「でもね、自分のしたことに、ちゃんと向きあうってことも必要だと思いますよ」

その言葉で三隅の顔つきが変わった。挑戦的な目になっている。これまで見せたこともない顔だった。

「向きあう？」

「ええ」

「そんなこと、みんな、してるんですか？」

問いかけられて、重盛は瞬時、返答に困った。建前の虚ろな言葉だった。向きあっているのか？　妻には？　娘には？　仕事……。重盛は自信なげな声ながらも精いっぱいの虚勢を張って答えた。

「してるんじゃないですか？」

「してないでしょう。だって……」

三隅は何かいいかけてのみこんだ。そしてひとつ、大きくため息をついてから再び口を開いた。

「いろんなこと見て見ぬふりしないと生きていけませんからね、そっちじゃあ」

三隅は重盛たちが座っているほうを指さした。

刑務所の外の世界のことか、と重盛は受け取った。乱暴に。

三隅はまたも大きなため息をついて、両手を強く打ちあわせると「ウウ」とうめいた。さらにヤケドのあとを激しく掻きむしりだした。みるみるうちに赤くなっていく。

重盛はあらためて尋ねた。今日は三隅が本心で答えているように重盛には思えたのだ。

「今回、社長を殺したことは後悔してるんですよね？」

「後悔？」と三隅はやはりあきれたような声を出した。

「だって手紙にも、そう書いてあったんじゃないですか？」

三隅は苦笑した。

「それはもうひとりの弁護士が〝書け書け〟っていうから」

摂津が遺族に謝罪の手紙を書けというのは当然のことだ。いつもは黙って聞き入れるのに、今日は徹底的に拒否している。やはり、今日は本音を話しているのだろう。だが、それは同時に危険なことでもあった。重盛は釘を刺しておく必要を感じた。

「いや、三隅さん、本心はともかくね、法廷ではそういう態度、取らないでくださいね」

「わかってますよ」と三隅、なおもヤケドあとを掻きむしって、ついに血がにじみ始めた。三隅はそこに口をつけて吸っている。

「裁判員裁判なんですから……」

重盛がなおもいい含めようとしたが、三隅はさらに本音をさらけ出した。

「わかってますけどね。あんなヤツ、殺されて当然だったと思ってますよ」

三隅の声は低く抑えられている。刑務官に聞かれるのを気にしたようだ。

「当然？」と重盛が聞き返す。隣で川島が驚いて三隅の顔をまじまじと見つめている。

「ええ」

三隅の目が重盛の目を見つめた。挑むような目つきだった。

なぜここまでいうのか、重盛はその理由が知りたくなった。

「どうして、そう思うんですか？」

三隅は肘をついて前かがみになっていたが、急に椅子の背もたれに背を預けて、両手をだらりと下げた。そうするとひどく横柄に見えた。実際にその目には〝侮蔑〟とでも形容したくなるような色があった。

「生まれてこないほうがよかった人間ってのが、世の中には、いるんです」

重盛は即座に反論した。

「だからといって、殺してすべて解決するわけじゃないじゃないですか」

すると三隅は口に冷たい笑みを浮かべた。重盛はひどく落ちつかない気持ちになった。依頼人と接見していて初めてのことだった。

「重盛さんたちは、そうやって解決しているじゃないですか」

重盛はしばらく三隅の告げた言葉の意味がわからなかった。

……だがようやく気づいた。

「死刑のことをいってるのかな？　それは」

三隅は返事をせずに、重盛の顔を睨むように見つめるばかりだ。

重盛も三隅の目を見つめる。三隅は目を逸らさない。長い沈黙が続いた。

重盛は腕時計に目を落として「今日はそろそろ……」といいかけた時、三隅は椅子から乱暴に立ち上がって、大きな音をたてた。すでに背を向けて出入り口に向かっていた。

　すると、川島が席を立って、三隅の背中におずおずと声をかけた。

「……いないですよ……」

　三隅が立ち止まって振り返った。

「そんな人、いないですよ。生まれてこないほうがよかった人なんて……」

　川島の顔つきは険しくなっていた。本気で憤っているのだろう。だが最後に無理をして微笑みを浮かべたようだ。

　そして三隅は無表情で川島を見つめる。それは〝軽蔑〟だと重盛は思った。

「終わりました」

　怒鳴るような声で三隅は刑務官に告げて、後ずさりしながらも川島の顔を見つめていたが、やがて重盛たちに背を向けて面会室をあとにした。

　重盛と川島は言葉もなく面会室の椅子に座って呆然としていた。


　事務所に戻った重盛たちは、新規の依頼人との打ち合わせなどに使う長テーブルと椅子が6脚あるだけの殺風景な部屋に入った。

時おり、この部屋は食堂になる。デスクで食べると書類を汚したりするので、栄養補助食品以外のちゃんとした食事をとる時には会議室を使うという暗黙のルールがあった。

今日の夜食は牛丼チェーンのテイクアウトに味噌汁だった。もちろんこのメニューを決定して、途中で購入したのは重盛だ。北海道への出張での昼食がラーメンで、帰ってきた翌日も牛丼という重盛らしいセレクトに川島も辟易していたようだが、空腹を我慢できずに夢中で掻きこんでいる。

重盛も牛丼をまずそうに食べている。

「でも、別人でしたね」

川島の言葉に重盛が顔を上げた。

「だれが？」

「三隅ですよ」

重盛は三隅の発した言葉にとりつかれていた。「重盛さんたちは、そうやって解決しているじゃないですか」という言葉が。三隅は肯定も否定もしなかったが、あれは間違いなく司法制度での死刑のことを指していた。

たしかに死刑は人を殺すことだ。

だが重盛はその仕事として何度も死刑の求刑を退けてきている。むしろ、死刑から人を救おうとしているのだ。

今だって、まさに三隅を救おうとしている。何より残虐に私刑を行った三隅にいわれたくなかった。しかも犯行の動機も明確ではない。30年前の事件もはっきりとした動機さえわからないのだ。

父親のいった「獣」という言葉や「生まれた時に決まっている」という言葉が重盛の頭のなかに浮かんでは消える。

三隅の私刑と司法のプロセスを経た死刑はまるで違う。

重盛は川島に目を向けた。

「おまえさ、さっき〝生まれてこなければよかった人間なんていない〟っていってたよな」

「はい」

「アレ、本気でそう思ってんの？」

「はい、そう思いません？」

「うん、思わない。俺はね」

重盛はいらだっていた。青くさい言葉を当たり前のようにいい放つ川島に腹を立てていた。

「え？　なんでですか？」

「人間の意志とは関係なく生命は選別されてるんじゃないかってこと」

川島は首をかしげた。

「ん？　どういうことですか？」

「本人の意志と関係ないところで、人は生まれてきたり、理不尽に命を奪われたりしてるってこと」

わかったようでわからない答えだった。

だが川島は質問を重ねずに、自分を納得させるようにひとつうなずくと、牛丼を口に押しこんだ。

たしかに本人の意志では生まれてこないし、命を奪われるのも本人の意志ではない。ただ、裁いて命を奪うのは別のことだ。〝生まれてこなければよかった人間〟。それを判別し、裁くのが司法制度なのかもしれない、と重盛は思っていた。だがその考えは重盛の父親が放った「殺すヤツと殺さないヤツは生まれた時に決まってる」という言葉と同義だった。

重盛はその考えを追いやって、また牛丼を口に押しこんだ。

5

重盛の脳裏に浮かんでは消えるイメージがあった。あの薄暗いアパートの窓辺に腰かけている咲江と、畳にあぐらをかいている三隅。2人が上を向いて大笑いしている姿。そして拘置支所の面会室を咲江が訪れている姿。2人はガラスに手を押し当てて目を閉じている。その様子を立ち会っている刑務官が不思議そうに眺めている姿だ。

重盛は登戸駅の改札で、咲江を待っていた。自宅を訪ねることも考えたが、母親の美津江が激しく反応するのは容易に想像できた。

前回は素行調査のつもりで、行動を観察したが、今回は話を聞くつもりだった。30分も待たないうちに改札口にあの赤いダッフルコートが見えた。

今日は寄り道をせずに、まっすぐに家路につくようだ。

どこで声をかけようか、と迷っているうちに、ギリギリで咲江は踏切を渡ってしまった。遮断機が下りて、重盛は置いていかれた。

重盛は咲江の進む方向を見定めていた。だが道を折れて、咲江の姿を見失った。

踏切が開くのを待って重盛は走った。

咲江の折れた道まで走ると、咲江は店に入っていくところだった。走らなかったら見失っていただろう。

重盛も追って、店内に入る。パン屋だ。

咲江が見つめているものが重盛は気になった。ジャムなどが並べられている棚だ。そのなかにあるピーナッツクリームを見ている。そして、それを手に取った。

咲江のその行動が咲江と三隅の関係を如実に物語っていた。咲江がピーナッツクリームを見て、三隅を思い出している。2人でピーナッツクリームを塗ったトーストを食べたのかもしれない、重盛はそう直感した。

この機を逃すまい、と重盛は後ろから声をかけた。

「おいしいよね、それ」

重盛の言葉に咲江は身体を硬くした。ゆっくりと重盛に顔を向ける。大きな瞳が怯えている。そして、その目が驚きで見開かれた。

以前、訪ねてきた弁護士だと咲江は気づいたようだった。

重盛は咲江の不審そうな視線から逃れようと饒舌《じょうぜつ》になった。

「昔、給食で出てて。休みのヤツがいるとさ、奪いあいになっちゃって。これぐらいのビニール袋に入ってて……」

無理にしゃべっているのが咲江にもわかってしまったのだろう。

「私に」

と咲江が重盛を遮った。

重盛は口をつぐんだ。

「私に何か用ですか？」

視線が揺れている。怯えているのではない。彼女は必死で何かを考えている。そんな気が重盛はした。

重盛は「少しお話し、できませんか」と伝えた。


咲江は重盛を連れて、近所にある神社にやってきた。この日は暖かな陽気で、神社をのんびり散歩している人もいる。

木の多い神社だった。風が吹くたびに木々の葉が鳴る。

咲江は神社の片隅にあるベンチに腰かけた。並んで重盛もかける。

しばらく、沈黙が続いた。咲江は黙りこんでいる。やはり同じ表情で前を見ている。心ここにあらず、という風情だ。何を考えている？　と重盛は問い詰めたくなる気持ちを抑えた。

犬の散歩をしている老婦人が通りかかって、その犬が自分の尻尾を追いかけて回ると、咲江は微笑した。

重盛は三隅のアパートの大家がいっていた〝よく笑う子だった〟という言葉を思い出した。

その機を逃さずに重盛は切り出した。

「あなたは……」

重盛に咲江は顔を向けた。また思い詰めたような表情になっている。

「死刑になったほうがいいと思わない？　三隅さんが……」

「思いません」と咲江は小さいがはっきりとした声で否定した。

重盛はどこかで咲江の答えを予想していた。だがやはりここまで明確に否定するとは思わなかった。性急になりそうな気持ちを抑えて尋ねる。

「どうして？　だってお父さんを……」

「私は母とは違います」

不可解な言葉だった。重盛は戸惑ったが、先を聞こうと思った。

「どういうふうに？」

咲江はその利発そうな顔を上げて、また考える顔になった。重盛は黙って待った。

咲江は何かを知っている。そう確信したのだ。

「母は見ないふりをしたいだけなんです」

やはり不可解だった。手がかりすら重盛はつかめない。詰問調にならないように注意しながら、重盛はゆっくりと尋ねた。

「見ないふり……何を？」

だが、咲江は返事をしない。長い沈黙だった。もう一度尋ねてみようか、と思った。

咲江の横顔を盗み見る。一点を見つめたままぴくりとも動かない。おそらく、彼女のなかで何か葛藤があるのだ、と重盛は思った。それはなんだ？

だが咲江の感情を害してはいけない。被害者の遺族なのだ。そこは慎重にならざるをえない。

その時、神社にお参りした老人が御鈴をガラガラと鳴らした。

咲江はその音に気を取られて、視線をそちらに移した。そろそろ話を終える潮時だった。

だが、もうひとつだけ確認しておきたいことがあった。

「アパートに行ってたよね、三隅さんの」

咲江の表情の変化を重盛は観察していた。だが咲江に動揺した様子はない。まっすぐに重盛の顔を見つめると、落ちついた声で質問を返した。

「それが聞きたかったんですか？」

咲江は否定しなかった。

「だって普通、行かないでしょ」

「〝普通〟ってなんですか？」

咲江の大きな瞳がまっすぐに重盛を見据える。重盛は答えに窮した。重盛は窮している自分に気づいて動揺していた。質問に質問で返されただけだ。普段ならもう一度〝普通じゃない？〟と聞き返すぐらいはしていたはずだ。

だが自分が変化しているわけではない、と重盛は思った。遺族への配慮だ。重盛は謝った。

「ごめん。僕の聞き方が悪かったね」

すると、咲江も頭を下げた。

「いえ、ごめんなさい」

風が一段と強まった。

木々が騒々しいほどに音をたてた。

咲江が顔を上げて風に揺れる木々を見つめている。

その姿を見た重盛も見上げた。

重盛は考えていた。咲江と三隅の関係を。だがわからない。質問をするしかなかった。きわどくて動揺を与えて咲江の本心が知れるような質問だ。

重盛は咲江の表情を見つめながら尋ねた。

「三隅さんの家族のことは聞いた？」

「いえ」

表情に変化はない。

「彼には娘さんがひとりいてね。もう30年くらい会ってないらしいんだけど……」

咲江は黙って重盛の話に耳を傾けている。やはり無表情だ。

「その娘さんもあなたと同じように足が悪かったんだって」

咲江の表情を覗きこむ。ひどい嘘だ、という認識は重盛にはない。もし咲江が三隅を死刑にしたくないと思うに足る理由があるのだとしたら、それを聞き出したかった。三隅は自分の娘を咲江に重ねたのではないか。なんらかの理由で、と重盛は推定したのだ。

咲江は驚いたようだった。だが、その驚きはすぐに重盛への不審へと変わった。

咲江の目は「本当に？」と問いかけていた。

重盛は表情を殺した。黙って咲江を見つめる。

だが咲江は問いかける目を動かさない。

さらに重盛は探りを入れた。

「だから仲よくなったのかって思ってた。そうか、聞いてなかったんだ」

咲江が反発して何か話し出すか、と重盛は咲江の反応を待ったが、咲江は重盛を見つめたままだ。

結局、重盛は咲江から具体的な証言は何も得られなかった。

とはいえこれが加害者の弁護士が被害者の遺族にできるギリギリの接触だった。

だが、もし咲江が三隅の死刑を望まないのだとしたら、いくらか情状的に有利になる。

父親を殺されても、三隅の死を望まない。それほどに2人の間には深いつながりがあったということなのか。

咲江はまた上を見上げた。重盛もその視線を追う。

常緑樹の緑が風に吹かれていた。

その奥にある青空は雲ひとつなく、なぜかせつなくなるほどに青かった。


山中食品の前の通りには、日中、マスコミが何人もうろうろしていた。だから、美津江は外出しなかった。夜になって記者たちが去ったのを見計らって、門の戸締りの確認のために表に出た。すると、門の柱に隠れていた男が2人、立ち上がった。美津江は驚いて悲鳴をあげそうになったが、その記者の顔は知っていた。横に立っているカメラマンの顔も。

「ひとつだけ」と前置きしてから記者が美津江にレコーダーを向ける。

美津江が返事をする前に質問を始めてしまった。

「登戸の駅前のカラオケで2人を見かけたって証言があるんですけど」

美津江は即座に反論した。

「それ、会社の忘年会ですよね」

「2人じゃなかった?」と記者のトーンが少し落ちた。

「当たり前ですよ。もう、くだらない」

美津江はきびすを返すと事務所の入り口に向かった。

その背中に記者が質問を浴びせた。

「保険金のことなんですけど、美津江さん！　受取人は奥さんなんですよね？」

美津江は答えずに事務所の入り口を開けて、なかに入った。

美津江はすぐにドアに鍵をかけて、カーテンを引いた。ガラス張りのドアなので、夜はなかが丸見えになってしまうのだ。

自宅の一部を改修して、事務所と商談用の応接室が設けてあった。事務所の入り口は普通は勝手口となる部分につくってあった。玄関とは別の入り口だ。

そこに咲江が立っていた。心配そうに母親を見ている。

「大丈夫？」

咲江が声をかけたが、露骨に顔を背けて不機嫌な様子で美津江は事務所に上がった。それから、まるで咲江にすべての責任があるかのように睨んだ。

「電気消して、電気。外から見えちゃうから」

きつい口調で美津江は咲江に命じた。

咲江が照明を落とすと、記者たちが帰っていくのが見えた。

美津江は事務所のパソコンの前に座って恨み言を口にした。

「なんで私が愛人なんて……。そんな根も葉もない話……」

美津江は、日中はほとんどこの事務所で過ごしている。〝お手伝い〟程度ではない。美津江が経理を担当しているのだ。

咲江はそんな母を置いて、キッチンに向かった。

まだ夕食をとっていないのだ。

ガスコンロの上に味噌汁の鍋があった。具はほうれん草と油揚げ。ハンバーグとサラダという献立だ。母親もこれから食べるようでテーブルには母親の分もおかずが並べられている。咲江は勉強を中断されるのが嫌で、自分のタイミングで食事をするようになった。これは父親が殺されてからのことだった。

父親は時間に厳しかった。食事の時間などに厳格なのだ。「もったいない」が口癖で、家族が揃ってなんでもしたほうが効率的だといつも話していた。朝食、夕食、風呂、就寝する時間まで決まっていた。咲江はいつも窮屈だった。だが、父親が死んで、時間から解放された。

味噌汁を温めるためにコンロに火を着けた。

一度、味噌汁を温めている時に煮立たせてしまったことがある。香りがすっかり飛んでしまっておいしくなかった。咲江は均等に温まるように、おたまで味噌汁をかき回す。

すると背後から音もなく美津江が忍び寄って、咲江の背後に身体をぴったり密着させた。

咲江は身体を固くしている。

しばらくするともぞもぞと後頭部の辺りに何かがもぐりこんできた。咲江の後ろ髪に母親が鼻先を突っこんでいるのだ。

髪の匂いを吸いこんでいる母親の鼻息が聞こえてくる。

母親は咲江の肩に手をおいてゆっくりと、だが強く手のひらで肩をなでる。

「あぶない」

咲江は美津江にやめるようにやんわりと諭した。バランスを崩して鍋をひっくり返してしまいそうだ。

美津江はなおもなで続けながら、甘えるような声を出した。

「お父さん、あんなことになっちゃって、お母さん、もう頼れるの咲ちゃんしかいない」

だが咲江は返事をしなかった。味噌汁の入った古いアルミ鍋を見ながらつぶやいた。

「このお鍋、だいぶ古くなってきたね、ボコボコ」

美津江も咲江の言葉を流して、自分の話を続ける。

「咲ちゃんが北海道の大学行っちゃったら、お母さん、寂しくて死んじゃうかも」

「死なないでしょ。寂しいくらいじゃ。ウサギじゃないんだから」

結局、いつも合わせるのは咲江のほうだった。母親は強かった。

「どうして保険金おりないんだろう？　ねぇ、どう思う？」

「こんな時にお金の心配？」

咲江の非難を母親はまた受け流す。

「やっぱり私が殺させたって思ってんのかしら、保険屋も」

「そんなに心配ならホントのことといえばいいじゃん」

肩をさすっていた母親の手がぴたりと止まった。咲江は答えを待っているが、母親は黙っていた。咲江がもう一歩踏みこんだ。

「あのお金は殺人の依頼なんかじゃありません。食品偽装の……って」

〝あのお金〟とは三隅の口座に振りこまれた50万円のことだ。

「バカね」と美津江は娘の言葉を遮った。

「そんなこといったら工場、潰れちゃうじゃない」

それまでのねっとりとまとわりつくような声音から一転して、早口でまくし立てる。

食品偽装で得たお金で赤字を埋めて、どうにか続いている工場だったのだ。

不機嫌な顔で美津江は咲江から身体を離して、キッチンのテーブルについた。

咲江は温まった味噌汁をお碗によそいながらひとり言のようにつぶやいた。

「あんな汚い仕事でお金稼ぐぐらいなら、潰れたほうがいい」

美津江は聞き逃さなかった。娘の後ろ姿を凝視している。

「何、子どもみたいなこと、いってんの。その〝汚い〟お金で、あんたは大きくなったんじゃない」

味噌汁をよそう咲江の手が凍りついた。

「わかってるよ」と咲江は消え入りそうな声で答える。

美津江は咲江の後ろ姿を凝視していたが、ハンバーグを箸でつつき始めた。そしてなにげないふうに語り出した。

「裁判になれば咲ちゃんも、しゃべるんだからね」

咲江は動きを止めたまま動かない。裁判の話を向きあってちゃんとするのは初めてのことだった。

「いい？　余計なこといわないでよ」

咲江は固まったままだ。

美津江が念を押す。

「わかった?」

咲江は震える声で尋ねた。

「〝余計なこと〟って何?」

だが美津江は答えない。

「何?　余計なことって」

咲江がもう一度問いかけた。

答えるまで何度でも聞くつもりだった。

「だから、工場のこととか……」

美津江はいいづらそうで、言葉が途中で途切れた。

咲江は黙って次の言葉を待った。

すると消え入りそうな声で美津江は続けた。

「お父さんのこととか」

〝お父さんのこと〟という言葉に咲江は身体を震わせた。ついに母親の口からその言葉が吐き出されたのだ。

咲江は振り向いて母親の顔を見つめた。刺すような目で。

そしてさらに問い詰める。

「何？　お父さんのことって」

すると美津江はうつむいて小さな声で話し出した。

「別にお父さんだけが……」

電灯をつけずに薄暗いキッチンに座っている美津江が顔を上げた。その瞳が咲江を見据えている。まるで暗闇のなかで浮いているように大きな瞳。

「悪いわけじゃないでしょ」

今度は美津江が突き刺すような視線で咲江を見やった。

咲江はその視線を真正面から受け止め、その大きな目が鋭くなっていく。

2人は無言のままだ。永遠にそれは続くように思われた。

咲江の背後で消し忘れたコンロの火が燃える音だけが部屋のなかに響いていた。


時間は午後11時を回ったところだった。重盛はマンションのリビングでパソコンに向かっていた。書類づくりは一番面倒な作業だ。どうしても明日の朝までに仕上げないこならない。今夜に何時に眠れるか……。

ほぼ仕事をする場所は決まってきていた。ソファの前の床に座ってコーヒーテーブルにパソコンを置いていた。これならすぐにソファに寝転んで眠れる。

父親が片づけてくれた部屋は、早くもまたひどく乱雑なことになっていた。かつて部屋の装飾品のように扱っていた革張りのしゃれたひとり掛けのソファも、今や背もたれは上着かけになって、座面は資料置きと化している。

携帯電話が着信を知らせていた。画面に表示されたのは娘の名だった。

重盛は手を伸ばしかけたが、その手を止めた。集中を途切れさせたくない。戻るのに時間がかかってしまいそうだ。出てしまえばすぐに切るわけにもいかない。出なければいい、と心に決めて、パソコンに向きあった。あとでメールで謝っておけばいい。それが一番効率的だ。

だが着信音が鳴りやまない。10回を優に超えている。出るまで鳴らし続けるつもりなのか。これでは仕事に集中できない。

携帯を耳に押し当てた。

「はい、もしもし」

久しぶりに声を出したのでかすれていた。

「もしもし」と結花は探るような声だ。

最初に断ってしまえば、すぐに切るだろう、と重盛は説明を始めた。

「ああ、結花、あの、パパねぇ、今ちょっと忙しくて……」

だが結花は返事をしない。重盛は思い当たって尋ねた。

「また何かした？」

「してないよ」

暗い声だったが、とりあえずほっとした。今夜は、呼び出されても駆けつける余裕はない。

「そうか。ならいいんだけど」

結花は沈黙してしまった。重盛はいらだち始めていた。すると結花がやはり暗い声で尋ねた。

「何かあったら、また助けにきてくれる？」

重盛は返事ができなかった。そんなに簡単に時間がつくれる状態ではない。安請けあいはできない。

「来てくれる？」

結花が重ねて聞いた。せっぱ詰まった声だ。

「うん、行くよ」

だが結花はそれで引き下がらなかった。

「知らん顔しない？」

これまで散々〝見ないふり〟をしてきた。妻が〝見ないふりしないでよ！〟と怒鳴った声が蘇る。

「しないよ。助けにいくから」

結花は返事をしなかった。納得したようだ。だが重盛は念を押した。

「でも、だからって、わざと悪いことをしたりとか……」

すると結花は「大丈夫」と強い調子で重盛の言葉を遮った。

重盛は娘の言葉を信じていなかった。不安だった。そもそもこの間の万引きも欲しくて盗んだものとも思えなかった。充分な生活費を重盛は送金している。

「大丈夫だから」

強い調子だった。

重盛はふと三隅の娘の恵のことを思った。30年間も放っておかれた娘。殺人者の娘というレッテル……。〝死ねばいい〟という娘の言葉。

自分も三隅と同じように娘を〝見ないふり〟し続けていたのだ。

「ごめんな」

おそらくきちんと娘に謝ったのは初めてのことだ。

結花の声にはかすかに試すようなニュアンスがあった。

「何が？」

「ごめん。もっといっしょにさ、ずっと……」

重盛が詫びると「もういいよ」と結花は電話を切った。

おそらくは本心から重盛が詫びているとは思っていない。

電話を切ってから重盛は、泣いてみせた結花の涙を思い出した。そして、もしかすると、あれはいつでも泣けるという演技ではなく、いつでも泣ける〝精神状態〟だったのではないか、と気づき愕然とした。

だが、そんな感傷を頭から追い出して、パソコンに向かった。


その日は昼食にパンが出た。三隅は独居房の畳に正座をすると、重盛から差し入れられたピーナッツクリームをたっぷりと塗って、コッペパンを大きな口を開けて頬張っている。モグモグと口一杯に詰めこんだコッペパンを咀嚼する姿は無防備であるで子どものように見えた。三隅は満足そうに微笑んだ。

　明日は初公判が開かれる。重盛はひとりで、三隅に接見していた。公判で行われる検察側の被告人質問への対応を打ち合わせるために訪れたのだ。

　三隅は前回の接見で見せた興奮が消えて、嘘のように大人しい。まるで別人だ。

「検察側は強気に〝強盗殺人〟を主張してくると思うけど、そこは耐えてください。で、さっき練習したとおり弁護側の被告人質問で〝財布は最初から盗むつもりはなかった〟って話してもらって」

　一気に語ってから、重盛は確認のために三隅の目を見つめた。

　三隅はどこか茫洋《ぼうよう》とした表情をしている。

　重盛は昨夜に作成した被告人質問の想定資料に目を落とした。重盛からの質問が書きこんであるばかりではなく、三隅の返答もすべて重盛が書いている。これまで時間をかけて三隅に、この資料をもとにして疑似被告人質問をしながら、暗記させたのだ。

「あと、主犯はあくまで奥さんで。彼女から殺人を依頼されたってことで……」

　重盛は確認した。

重盛たちの弁護方針は、美津江が主導的な立場で山中社長の殺害を三隅と共謀して、三隅が実行。殺害し死体を燃やした時に、財布に気づき窃盗した、という筋書きで公判を維持する予定だった。

三隅はぼんやりはしているが、資料を見せずに模擬質問をしてみたところ、ほぼ誤りなく重盛の資料を暗記していた。

「いいですね？」と重盛は最後に念を押す。

「はい」

重盛は三隅の目を見て「ね」と確認した。

三隅もうなずく。

重盛は書類をカバンにしまって立ち上がった。帰り支度だ。

「あの……」

三隅が声をかけた。

重盛が動きを止める。

「重盛さんは、その話、信じてますか？」

「え？」

「だから、窃盗とか、保険金とか」

重盛に発言を控えた。三隅の目に不穏な影があった。北海道に行ったと告げた時にも似たような目をしていた。被告人質問で〝殺されて当然だ〟などといい出したら大事になる。

するとさらに三隅が質問を投げかけてきた。

「信じてはいないけど、そのほうが勝てるってことですか？」

重盛は椅子に再び腰掛けながら、慎重に言葉を選んだ。

「そういう側面もありますかね、法廷戦術的には」

すると三隅はさらに畳みかけてくる。

「重盛さん、本当はなんで殺したと思ってるんですか？」

目には影があったが、三隅は薄く笑みを浮かべている。不気味だった。重盛は動揺していた。殺人事件の被告に、殺害の動機はなんなのか？　とクイズのように問いかけられているのだ。しかももう公判は始まる寸前だ。初めて接見した時に動機を〝ギャンブルする金が欲しくて〟と三隅は答えているが、今はそれは否定されて美津江と共謀した保険金殺人ということになっている。それを三隅も認めて公判に挑むはずなのに……。

「本当は、ですか？」

重盛は聞き返していた。

「ええ、本当の動機です」と答えてから三隅はからかうような調子で続けた。

「本当のことに興味はないかな、重盛さんは」

三隅は笑顔だが、やはり挑戦的な目で重盛を見つめている。

「そんなことはないですよ」と答えながらも、重盛は本当の動機についてはわからない、とどこかで諦めているところがあった。

「じゃあ、教えてください」

まるで祈るように三隅が顔の前で手を合わせた。

重盛はしばし考えた。応じるべきなのか、否か。もしここでまた新たな動機を三隅が訴え出したら、非常に厄介なことになる。法廷戦術を一から組み立て直さなければならない。だが、新たな事実が出てくるのだとしたら、それは受けなければならない。

山中社長が何か致命的なほどの悪事を犯していたことを三隅が知っていたとしたら、情状に大きくプラスに響く。

重盛はさらに慎重に言葉を選んだ。

「じゃあ、ひとつだけ、質問させてください」

「ヒントですね、どうぞ」

まるで本当にクイズでも出しているかのように、三隅は弾んだ声を出した。

重盛は三隅に向かって十字を指先で描いてみせた。

「あの十字、どういう意味があるんですか？」

三隅の顔から笑みが消えた。動揺しているように重盛には見えた。

何か隠しているのか、と重盛は重ねて問いただす。

「裁こうとしたんじゃないんですか？」

三隅の左目のまぶたがピクリと動いた。何か警戒しているのか、と重盛は疑った。

「裁く？」

「ええ、罪を」

「どんな？」

なぜか三隅は探るような目になっている。

重盛は首を振った。

「それは僕にはわからない」

すると三隅の顔が緩んで笑みを浮かべる。そして首を振った。まるでわかっていない、とでもいうように。

「裁くのは私じゃない。私はいつも裁かれるほうだから」

たしかに三隅は二度も裁かれようとしている。しかし、私刑として三隅が裁いているのではないか、という重盛の問いに対する答えになっていない。

だがどんな言葉で問いただせばいいのか、と考えていると、三隅が口を開いた。

「カナリアが1羽だけ逃げたって話したでしょ？」

「ええ」

また三隅はカナリアを絞め殺した時の手を再現している。

「あれ、僕がわざと逃がしたんですよ」

そういうと三隅は合わせていた手を開いた。そしてまるでその手からカナリアが飛び立ったように、中空を目で追っている。

重盛も思わず三隅の視線を追ってしまった。もちろんカナリアがいるはずもない。その視線の先には明かり取りの細長い窓があった。そこから雲に覆われた空が見えた。

この部屋の息苦しさが、よりいっそう感じられた。

なぜそんなことをいい出したのか。殺人とどんな関係があるのか。

なおも三隅は窓の外を見つめながら話し出した。

「僕がしたみたいに、人の命をもてあそんでる人が、どこかにいるんでしょうか」

重盛が窓から三隅に視線を戻すと、三隅は震える声を出した。

「いるんなら会ってみたい。会っていってやりたいんです。理不尽だって……」

　前回の接見の時の話と合わせて、司法制度の批判をしているのか、と重盛は受け取った。だが三隅はむしろ司法制度によって利益を得ているはずだ。留萌の殺人事件の時には死刑になってもおかしくなかったが情状酌量により無期懲役になっている。

「でも、あなたが理不尽な目にあったわけじゃないでしょ？」

　すると三隅は目を見開いた。

「父親も母親も、妻も、なんの落ち度もないのに、不幸になって死にました」

　調書によれば、三隅の父親は、三隅が高校生の頃に自宅の火事で亡くなり、母親は三隅が事件を起こした直後に病死している。そして三隅の妻も２０１０年に亡くなっている。長く患っていた妻は生活保護を受けていたという記録があった。不幸になって死んだといえる。だが、と重盛が指摘しようとすると、三隅は笑った。馬鹿馬鹿しいというように声をたてて笑った。

「なのに私はまだこうして生きてる」

　それは正に重盛が指摘しようとしていたことだった。三隅は自分だけが生き延びていることを理不尽だといっているのか……。つまり死刑になるべきだったと、三隅は思っている。

三隅はガラスに鼻先がつかんばかりに、身を乗り出した。そして顔を歪めた。恐ろしいほどの迫力だった。

「彼らの意志とは関係のないところで、命は選別されてんですよ！　理不尽に！」

低く抑えられているが、語気は鋭い。三隅は怒りの形相だ。

重盛は圧倒されていたが、ようやく三隅の語った言葉が、先日、川島に告げた言葉と同じであることに気づいた。

「その話……」と思わず口をついて出たが、すぐに口を閉じた。

ガラス越しに手を当てて、心を読むといった三隅のことが頭をよぎった。馬鹿な話だ。だが……。

三隅は問いかけるような目で重盛を見ている。

探っているつもりが探られていた、と重盛は恐怖を覚えた。まるで三隅に心のなかを浸食されていくような……。

「いや」と重盛は首を振って自分の思いを振り払った。

もし、三隅が死刑にならなかったことを理不尽だと思っていたとしたら、情状酌量で無期懲役という判決を出した父親を恨んでいるのか、と重盛は思い至った。だが不思議なことがあった。

「あなた、なんで裁判長にハガキなんか出したの？」

三隅はまたガラスに顔を寄せた。今度は落ちついている。声をひそめてささやいた。

「憧れていたんですよ。人の命を自由にできるじゃないですか」

その言葉に重盛は瞬時に嫌悪感を抱いた。だがかつて自身が抱いた裁判官への憧れ。そこに三隅の放った言葉そのままではないが、わずかに、ほんのわずかに、裁判官になることで〝正義〟をほしいままに実行できる。そのことへの憧れがあったことを、重盛は認めざるをえなかった。

重盛は三隅に反論することができなかった。それが何よりの証拠だ、と重盛は愕然としていた。

重盛は気づきようもなかったが、重盛も三隅も夢中になって話しているうちにガラスに顔を近づけすぎていた。そうするとガラスに映った三隅の顔と重盛の顔が重なって見える。まるで重盛が三隅の仮面をかぶってでもいるかのように。

三隅は不敵な笑みを浮かべて重盛を見つめていた。

3月23日は陽差しはないのにやけに気温が高くて、ゴールデンウィーク頃と同じ気温という報道があった。

　この日、横浜地方裁判所で三隅の第1回公判が開かれるのだった。

　重盛が摂津と川島を伴って、裁判所の正面玄関に足を踏み入れると、汽笛がひとつ鳴った。横浜港が目の前にあるのだ。

　法廷は四〇四号。重盛はまた汽笛が鳴る音を聞いて、窓に歩み寄った。ブラインドの隙間から外を眺めた。港と横浜の町が灰色にくすんでいる。

　重盛は昨日から抱えていた重い気分を払いたい、と思って外の景色を眺めたのだが、かえって気分が重くなった。

　重盛は弁護人席に向かいつつ、法廷から窓の外の景色を見ようとしたことなどこれまで一度もない、と思い当たって、動揺していた。

「四〇四号です。被告人を入れてください」

　書記官が告げると、ドアが開いて三隅が現れた。2人の廷吏に伴われて、腰縄を打たれている。だが今日はスーツに緑のタートルネックという姿だ。やはり三隅は見栄えがよかった。

「解錠してください」と書記官が告げると、廷吏が三隅の腰縄を解き、手錠を外す。

　それと同時に裁判長が入廷した。

「ご起立ください」と書記官の声で法廷に居たすべての人々が一斉に起立した。傍聴席は満員だ。抽選になるほどの〝人気〟だった。傍聴席の最前列には山中社長の遺影を胸に抱いた美津江と咲江が並んで立っている。

裁判長が一礼すると全員も一礼して腰かけた。

「それでは開廷します。被告人は証言台の前に立ってください」

三隅は立ち上がって証言台の前で裁判長に向きあった。

重盛は三隅の横顔を見つめていた。

裁判長が問いかける。

「名前はなんといいますか？」

「三隅高司です」

「生年月日はいつですか？」

「昭和34年12月1日です」

「これからあなたに対する強盗殺人、死体損壊被告事件の裁判を行います。では検察官、起訴状を朗読してください」

検察官席で篠原が立ち上がった。その隣には上司がいつものように、仏頂面で座っている。

「はい。公訴事実。被告人は第一、山中光男、当時50歳を殺害して金品を強奪しようと考え、平成29年10月11日午前0時30分頃、多摩川河川敷において同人に対し、スパナで頭部を数回殴打し……」

起訴状の朗読が終わると、裁判長が三隅に確認する。

「被告人にうかがいます。今、検察官が読み上げた起訴状の内容に間違いはありませんか？」

「財布を盗むために殺したのではありませんし、殺したのは奥さんの美津江さんに頼まれたからです」

三隅は背筋をピンと伸ばして立ちながら答えた。声に力がないことが重盛は気になったものの、想定問答のとおりに三隅が答えたのでほっとしていた。

続いては、重盛の美津江への証人尋問だった。こちらは、三隅の尋問のように事前に打ち合わせができているわけではない。ぶっつけ本番だ。

重盛は証言台に目をやった。美津江はジャケットにスカートという出で立ちだ。メイクもしっかりとしている。

だがひとつ、重盛は気づいた。重盛たちが座る方向にまったく目を向けないのだ。

いや、と重盛は思った。重盛たちの前で、廷吏2人に挟まれて座っている三隅に目を向けないようにしている。おそらくは視線が合うのを恐れているのだ。何を恐れている?

重盛は資料を手に立ち上がって、裁判長に向き直った。

「裁判長、証人の記憶喚起のために、弁第一号証の9月27日に証人が被告人に送ったメールを示したいのですが、よろしいでしょうか?」

「どうぞ」と検察側の様子を見たのち、裁判長は許可した。

三隅と美津江の共謀の証拠となるメールのやりとりの写しを手にして、重盛は証言台に向かった。

証言台の前に写しを置く。

美津江:〝例の件、やはり50万でお願いできますか?〟

三隅:〝いつまでに?〟

美津江:〝借金返済があるので10月末には〟

三隅:〝わかりました。任せてください〟

というメールのやりとりだ。

検察官の篠原もメールの写しが真正なものであることを確認するために立ちあった。すると急にそばに現れた篠原に美津江は、驚いたようで肩をすくめて、篠原を見上げたが、すぐに資料に目を戻した。

かなり怯えている、と重盛は思いつつ尋問を始めた。

「このメールについてお尋ねしますが〝例の件〟というのはなんのことでしょうか？」

「ですから仕事のことです」と美津江は頼りなげな声だが、はっきりと答えた。

「どんな仕事ですか？」

重盛が詰めていく。

すると美津江は首を振った。

「それは、私はよく……」と困惑を浮かべた。

重盛はあえて何も訊かずに黙っていた。

「あの、工場のことはすべて主人が取り仕切っておりましたから、仕入れか何かなんじゃないですか？」

重盛は美津江の顔を睨むように見てから、弁護人席に戻った。そこで尋問を続けようと思ったのだ。美津江の視界に三隅が入るであろうその席で。

「50万円というのは給料とは別にということですよね？　仕入れだったらわざわざこ

んな書き方しないんじゃないですか？」

三隅の給料はわずかに11万円だ。業務の一環で〝仕入れ〟をしたことで50万円もの〝ボーナス〟が支払われるとは思えなかった。そこを突いた。

「知りません」と美津江はいらいらした様子で否定した。まったく三隅と重盛のほうに向こうとしない。だが時おり、視線が泳ぐ。三隅の様子を気にしているのは間違いない。

さらに美津江は重盛が一番恐れていた話を始めた。

「夫が私の携帯を使って送ったんです」

〝死人に口なし〟ということだ。すべてを夫のせいにして逃げきるつもりだ。だがそこは攻めない。おそらく攻めても無駄だ。矛盾点を突く。

「被告人が勝手に殺人の依頼だと思いこんだということですか？」

社長から仕事の依頼を受けて、三隅が社長を殺害する依頼を受けたと思いこんだという不自然。そこを指摘したのだ。

「そうなんじゃないんですか。本人に聞いてください。私にはよくわかりませんから」

すると前に座っている三隅が大きく首を傾げた。

それを目の端で見ていたのだろう。美津江はひどく動揺し、困惑しているように見えた。

重盛はさらに尋問を続ける。

「殺害が成功したら、保険金8000万円のうち、1000万円を渡すから、と被告人に約束しませんでしたか？」

「してません」

美津江は強かった。三隅のわずかな動きで動揺を見せたもののすぐに立ち直っている。

「50万円はその前金なんじゃないんですか？」

「違います」

美津江の視線がまた揺れる。重盛は傍聴席の咲江にチラリと視線をやった。咲江はひどく青ざめていた。そして母親の横顔をなぜか冷たい目で見つめている。重盛はその目のなかに、それまでにない強い意志のようなものを見たような気がした。以前に見られた陰りや揺らぎがきれいに消えているのだ。

引っかかりつつも重盛はさらに尋問を続ける。

「昨年の10月13日、午後10時頃、犯行の2日後ですが……」

三隅が美津江に公衆電話で口止めされたことの確認だった。だが物証がない。否定されれば終わりだ。そして美津江は否定した。

お手上げだった。だが咲江のあの顔が重盛は忘れられなかった。

6

咲江が母親を睨んでいた理由は、意外なかたちで判明した。公判が終わったあとに咲江がひとりで重盛の事務所を訪ねてきたのだ。

会議室に咲江を通して、すぐに重盛と摂津、川島が対応した。いきなりの告白でだれもが衝撃を受けていた。この事件に隠されていた大きな背景が浮かび上がってきたのだ。

亜紀子は会議室の外で隠れるようにしてなかの様子をうかがっている。女の子がひとりで3人の男性に囲まれていては、気の毒だと思っているようで、何か無神経な発言をして咲江が泣いたりしたら飛びこんでいきそうな構えで聞き耳をたてている。

咲江は三隅が父親を殺したのは自分のためだ、といい出したのだ。それを法廷で証言したい、と。

咲江は毅然《きぜん》としていた。涙を浮かべることもしなかった。

会議室で重盛と摂津、川島が咲江に向きあって座っている。一様にあぜんとした顔をしている。

だが重盛だけは咲江の話を聞きながら様々なことが腑に落ちていた。咲江がやはり殺人に絡んでいた。これがその理由にほかならない。

咲江が携帯を取り出して、操作し始めた。あらかじめ用意していたようで、その写真はすぐに現れた。携帯を重盛の前に置いた。

その画面には、三隅と咲江が満面の笑みで映っている。その背後には雪がある。その雪で何かつくられている。重盛は衝撃を受けていた。北海道で居眠りをしていた時に見た夢のイメージがそのまま、携帯の写真のなかで再現されていたからだ。咲江の告白には納得しながらも、重盛は状況を理解しきれていなかった。

頭が混乱している。

この事実を背景にして全体を眺め直してみようとするのだが、全体像自体が見えてこない。だが、とりあえず目の前にあるものを確定していくしかない。

「これはどこ?」と重盛が咲江に尋ねた。

「あの、川原です」

つまり犯行が行われた河川敷のことだった。

「なんで2人で？」と摂津。

「三隅さんがたき火をしていて、私が学校帰りに通りかかって、誕生日だっていったら、じゃあ、雪でケーキをつくろうって」

三隅と咲江の背後に映っているのはケーキなのだ。たしかに丸くて2段のホールケーキに見える。草などで飾りもつけている。ろうそくのつもりか。

「そのあとに話しました」

「ここで？」と摂津が尋ねた。

たしかに屋外で話すようなことではないような気が重盛もした。

「はい」

重盛は昨年の冬の大雪の日を思い返していた。2月か3月に関東に大雪が降った日があったという記憶があった。大雪で雪かきが必要なほどだった。河川敷にわざわざ出向く人は少なかったのだろう。

重盛は核心に迫ろうとしたが、言葉を選んでいるうちに、いいよどんでしまった。

「いつ頃からなの？　お父さんに、その……」

「14歳です」

咲江は感情を押し殺しているようだった。表面的には淡々と答えているように見える。だがおそらくは怯えている。

重盛は慎重に言葉を選んだ。

「つまり、それは……性的暴行ってことなのかな？」

「はい」

だが摂津は重盛の質問では甘い、とさらに確認した。

「レイプってことね？」

摂津は身体をまさぐるような手つきをしてみせた。あまりに露骨なしぐさに重盛はとがめようとしたが、咲江はしっかりとした声で答えた。

「そうです」

だが咲江は、視線をテーブルに落としたままだ。

咲江には過酷な質問だったが、強姦であることをしっかり確認しないとならなかった。まして法廷で証言することを望んでいるのであれば。

咲江は視線を落としたまま、続けた。

「三隅さんは私のために……」

そういって、咲江は目を上げて、重盛を見た。やはり強い意志がその目にはあった。神社では咲江はこの事実を告げるべきか悩んでいた。だからあれほど動揺していたのだ。

「だから、三隅さんと母とはなんの関係もないんです」

保険金殺人ではない、と咲江はいい出したのだ。

その咲江の否定から、嫉妬とでもいうべき感情を重盛は感じた。三隅は〝母のため〟に殺したのではない、〝私のため〟に殺したのだ、と必死で訴えているように見えたからだ。むろん、咲江自身はその感情に気づいていないだろう。

摂津が確認する。

「それを法廷で話したいっていうことなのね？」

「はい」

さらに摂津が尋ねる。

「三隅を救うために？」

「はい」と咲江は摂津にうなずく。

「殺してくれって、三隅さんに頼んだわけじゃないよね？」

ここが核心だった。摂津の問いかけに咲江は目を伏せて考える表情になった。やがて小さくうなずいてから、口を開いた。

「でも、心のどこかで父を殺してほしいと思ってました。それが三隅さんに伝わったんです」

その言葉に重盛は胸を衝かれていた。三隅と咲江が面会室でガラス越しに手を合わせているという重盛の想像した場面が、思い起こされたのだ。

だがその伝わったことの確証がなければ、法廷で証明できない。

「どうやって伝わったの?」

重盛の問いかけに、また咲江は考える顔になった。目を伏せている。

「伝わったんです。わかります」

咲江は強い意志を宿したままの目で重盛を見据えた。

重盛の脳裏にあの河川敷の現場に咲江もいたのではないか、という思いが浮かんだ。これで深夜に人気のない河川敷に山中社長が〝ノコノコ〟やってきたことの説明がつく。咲江が通話履歴の残らない公衆電話で父親を呼び出した。あるいは、出かける前にいつものところで待っている、とでもいったか。

「どこでそういう関係を持ったの?」

重盛の露骨な質問に摂津が驚いて、重盛の顔を覗きこんだ。

さすがに咲江もいいよどんで目を伏せた。

重盛は咲江の反応を見逃すまい、と目を凝らした。

「ホテルとか、家とか」と重盛は咲江の携帯を手にしてその写真を見せながら続けた。

「あと、この……河川敷、とか」

重盛は咲江の反応を見ていた。〝河川敷〟という言葉に反応するのか、と。

だが咲江は目を伏せたままで、その様子に変化はない。しかも摂津が「重盛、やめろ。今そんなこと聞かなくても」とたしなめてきた。

「大切なことだろ」と重盛は声を荒らげた。

摂津は渋い顔ながら黙りこんだ。

重盛はなおも咲江に問いかけ続ける。

「必ず聞かれるよ、検察官に。場所とか、回数とか」

「覚悟してます」

咲江はそういって大きな瞳で重盛を見つめる。

もし、これで咲江が公判で証言しても、公訴事実は変わらない。咲江の共犯や実行犯は争えない。だが情状面を考えると量刑を減らすことができるだろう。もちろん、

「それは……」

検察側は徹底的に抗戦してくることが予想される。

重盛は咲江の目を見つめながら口を開いた。

「検察官は、あなたの証言に信憑性《しんぴょう》がないことを裏づけるために普段の交遊関係とか、万引きしたこと、補導されたこと。そういうの全部、調べ上げて法廷で明らかにするよ」

咲江はまっすぐに重盛を見つめて「はい」とうなずいたが、どこか不安げな表情になっている。だが重盛が例に挙げた万引きなどではまったく反応しなかった。おそらく補導歴などはないのだろう、と重盛は推察した。

重盛はさらに続ける。

「その足のことも」

その言葉に驚いて咲江は「足?」と問い直して、悲しげな顔になった。

「そう。子どもの頃、屋根から飛び降りて怪我したって、まわりに嘘ついてる」

重盛の口調は厳しくなった。詰問口調だ。

咲江は無表情になった。だがその目はまっすぐに重盛を見据えている。目には強い光りが宿っていた。

「嘘じゃありません。飛び降りたんです」

なぜそこまで飛び降りたことにこだわるのか、と重盛は不審に思った。その嘘にどんな意味やメリットがあるのかわからない。重盛は咲江の言葉の信憑性に疑いを持った。


「とにかく」と重盛は念を押した。

「根掘り葉掘り聞かれるけど、耐えられるの？」

すると摂津が「つらいよ、大丈夫？」と声をかける。

咲江はテーブルに目を落とした。悲しげな顔になる。

「今までのほうが……」

咲江はいいよどんだが、すぐに続けた。

「だれにも話せなかった時のほうがつらかったから」

14歳からの2年間。その時間が会議室の男たち、そしてこの間、まったく身じろぎもせずに聞き入っていた亜紀子にも重くのしかかっていた。


咲江が事務所を去る際に見送りに出たのは川島と亜紀子だった。

「あらためてご連絡させていただきますね」と川島が一礼する。川島は咲江の勇気に感服しているようで、頭を下げる角度がいつもより深く長かった。

「はい」と咲江は気丈に答えて一礼する。

先に事務所の外に出ていた亜紀子は手にアメを持っていた。

「アメちゃんあげる」

咲江は頭を下げてアメを受け取ると、歩き出した。


重盛はまだ会議室で座ったままだった。考えていた。この事件全体を被害者がじつの娘をレイプしていたという背景に書き換えて眺めていた。

咲江が足を引きずりながら、廊下を歩く音が聞こえてきた。

「階段、急だから気をつけてね」と亜紀子の声が聞こえる。咲江が「はい」と小さく答える。

「気をつけて」と川島も声をかけると、やはり「はい」と咲江が返事をしている。

重盛はそれを聞き、席を立って咲江を追いかけた。


重盛が追いついた時には、咲江は階段の踊り場にいた。

「あの」と重盛が階段の上から声をかける。

咲江は足を止めたが、うつむいたままで顔を上げようとしない。

「ありがとう。話してくれて」

咲江はやはり動かない。

「でも、どうして……」

咲江は動かないまま話し出した。

「私は、母みたいに、見ないふりしたくないから」

そういって咲江は初めて重盛に顔を向けた。その頬を涙が伝っている。重盛は娘の結花の涙を思い出した。

父親に強姦され続けていた娘。

そのことを母親に〝見ないふり〟され続けた娘。

その頬を濡らす涙。

重盛はかける言葉がなかった。

咲江は頭を下げてから、また階段をゆっくりと下りていく。

重盛は立ち尽くしていた。母親の美津江は咲江が父親に強姦されていることを知っていたのだ。少なくとも咲江はそう思っている。だが〝見ないふり〟をしていた。だから法廷で睨んでいたのだ。すべてを人のせいにしている、と。

神社で初めて咲江に話を聞いた時にも〝母は見ないふりをしたいだけなんです〟と

いっていた。さらに〝私は母とは違います〟とまで。

それはこのことを指していたのか。

重盛は知りえないことだったが、母親の美津江は、見ないふりをしているどころか、咲江が父親を誘っていたことさえ匂わせていたのだ。

重盛は、さらに立ち尽くしたまま、考え続けていた。

考えすぎだ、と重盛は苦笑を浮かべようとしたが、失敗してしまった。顔が苦しげに歪んだだけだった。

それから事務所では、重盛と川島、摂津、さらに亜紀子も時おりは加わって今後の対策を練り始めた。

亜紀子は高校時代、同級生から、性的虐待にあっていたことを打ち明けられたことがあったという。その子の相手も、やはり父親だった。

彼女は両腕の内側にたくさんの傷あとがあり、それが自傷だとは知らずに亜紀子が尋ねたところ、それほど仲がよかったわけではなかったが、滔々《とうとう》と語り出したというのだ。彼女は5歳くらいから、性的な接触をされ、次第にエスカレート。中学に入る頃には完全にレイプされるようになった。きっかけは個室を与えられたことだ、という。深夜に部屋に父親が忍びこんでくるのだ。

不登校になり、教師に何度も事情を聞かれて、彼女は打ち明けた。そこで学校と警察の連携で協議が持たれ性的虐待が明らかになり、父親と母親は離婚。ようやく性的虐待はなくなった。だが、寝ていると、父親が布団にもぐりこんでくる感覚が蘇ってきて、眠れなくなり、死にたくなるのだ、とその女性は泣きながら打ち明けてくれたそうだ。彼女は高校を中退してしまった。理由を聞く間もなかった。ある日、出奔してしまったのだ。

高校の同級生から流れてくる噂によると、彼女は薬物依存になって、刑務所に出たり入ったりの暮らしという。大人になっても心の傷は消えないのだ。

咲江も似たような状況にある。離婚ではなく殺害というかたちで、虐待は止んだが。

重盛たちは一からすべてを洗い直し始めた。

川島があまりに咲江に感情移入してしまい、冷静さを失ってしまうために、重盛と摂津は、何度もたしなめなくてはならなかった。その反動というわけでもないが、重盛は咲江の〝歪み〟を疑っていた。性的虐待がその子に歪みを与えるのだとしたら、咲江の歪みはなんだろう、と。

校門でバッグを渡されていた時の咲江の姿が思い出される。彼女には友人がいない。そんな彼女が初老の男性を友人にしている。しかも彼は殺人者だ。事前に咲江が三隅が前科者で殺人犯であることを知っていた可能性は高い。

そんな三隅に咲江は父親にレイプされていることを打ち明けた。友人や教師ではなく、三隅を選んだ。なぜだ？ そこに歪みを重盛は感じていた。

初めから父親を殺させる目的で咲江は三隅に近づいた。

そして頃合いを見計らって、咲江は打ち明けたのではないか。実際、その気持ちは伝わったはずだ、と咲江はいっている。

しかも明確に咲江は父親への殺意があったと語った。そうなると咲江自身が父親をおびき出して、河川敷で殺したという可能性も否定できない。

重盛の気持ちを後押ししているのは、咲江が〝嘘つき〟だということだった。足が悪いのは生まれつきと科学的に証明されているにもかかわらず、飛び降りた、といい張る。頑迷とでもいうほどの執着。そこにも重盛は〝歪み〟を感じていた。

深夜12時を過ぎていた。亜紀子は定時の6時に退社している。川島は昨日も深夜まで仕事をしていて大あくびを何度もしていた。電車もなくなっていたから、重盛が仮眠をとろう、と告げた。

照明を落とすと、すぐに川島は会議室に寝袋を持ちこんで、眠ってしまった。摂津もソファで毛布をかけて、しばらくすると寝息が聞こえてきた。重盛はマンションに戻ってもよかったが、その気にならなかった。眠気がなかった。頭のなかに三隅と咲江のことが渦巻いていた。

重盛は専用の椅子の背もたれを倒した。足元に箱を置いて足台にすると、これで仮眠ができる。だがやはり眠気は襲ってこない。少し冷えるので毛布を持ってこようか、と思うが、頭のなかでぐるぐると思いが渦巻いて動けない。

思いは次第に三隅に向かった。重盛は些細なことに引っかかった。

河川敷で三隅がたき火をしていることだ。あの寒い日にあの薄暗いアパートの部屋では寒かったのだろうが、雪の日にたき火をするというのが引っかかった。三隅は2件の殺害で両方とも相手を燃やしている。その瞬間に重盛は山中食品の裏庭で工員たちがたき火をしていた姿を思い出した。あれも三隅が始めたことではないのか。だがそれが何か事件と関係するとも思えず、ただ三隅は燃やすことに執着しているのではないか、という着地点しか見えなかった。

咲江の告白を事実とするならば、三隅は咲江をレイプから救うために殺害したという説が成り立つ。

だがここに物証がない。咲江の証言だけだ。これまで三隅が接見でいっさい、咲江には触れなかった。この事実をもって振り返れば、接見の時に「重盛さんは本当の動機をなんだと思っているのか」と尋ねた。あれは〝探りを入れてきていた〟のではないか。重盛が、咲江がレイプされていたことを知ったかどうか、探るために。

そしてカナリアを1羽逃がしたといっていた。

それが咲江の暗喩ではなかったか。やはり救うためだったのか。

だが留萌の事件との連続性を考えた時、救うという考えは否定される。ひどい取り立てをしていた借金取りを2人殺害していたが、それで取り立てがなくなるわけもない。と考えると、ひどい取り立てでだれか（三隅の愛する人物か？）がひどく傷ついた。あるいは死んだ？　そこで、三隅は報復のために殺害した。つまり救えなかった人物にかわって借金取りを殺して……裁いた……。

「寝ないのか？」

ソファで寝ていた摂津が重盛に呼びかけた。声が枯れている。

「おまえこそ」

「寒くて目が覚めた」

摂津は毛布をかき寄せる。

「風邪ひくなよ。もう歳なんだから」

「うっせぇよ」と摂津は重盛に背を向けてもう一度寝ようとしたようだが、しばらくして話し出した。

「あのさ、中国だったかどこだったかのさ、古い小話で、目の見えない人たちがみんなで象に触るっていう話があるんだけどさ」

「ああ、鼻に触ったヤツと耳に触ったヤツが、自分のほうが正しいって言い争う話だろ」

〝群盲《ぐんもう》象を撫《な》でる〟というのはインド発祥の寓話だった。盲人たちが象の足や鼻、耳をそれぞれ触って異なった解釈をするというものだ。様々な宗教で微妙に話の内容は異なっているが、物事や人物の一部だけを理解して、すべて理解したと錯覚してしまうことのたとえに用いられることが多い。

「そう、それそれ」と摂津がいって、ぼそりとつぶやいた。

「今、おまえ、なんかそんな気分じゃない？」

「そうかもな。で、俺は今、どこ触ってんだろうな」

そういって重盛は目を閉じた。闇のなかに手を伸ばして、見えない動物を触っている。


「裁いたのか、救ったのか」

重盛は弁護士になって初めて、事件を〝理解〟できずにいることを自覚していた。


重盛はタクシーで山中食品までいくことにした。常軌を逸しているのは重々承知だった。だが夜でなければ、その検証は正確にできない。

重盛は時間を見た。事件時とは少し違う。だが、多少時間の前後はあっても、夜の闇の深さは変わらないはずだ。

重盛は工場の前から歩き出した。歩幅が広くならないように意識しながら、左足を引きずって、咲江をまねて。

平坦な道は問題なかった。問題なのは河川敷だ。街灯もなく地面の様子がわからない。見えていても川島が転びそうになるほどに土手の足場が悪いのだ。

先日、訪れた時に土手から河川敷に下りるルートはおおよそ3カ所あった。道があるわけではない。人がそこを往来することで踏み固められた〝獣道〟のようなものだ。初めて現場を訪れた時に、川島が転びそうになった道が一番平坦で凹凸が少なかった。現場に咲江が下りられることは、重盛たちが初めて現場を訪れた時に目撃しているから、可能なのだろう。だが、夜だと街灯がまったくないので足元が見えないのだ。その状態ではたして左足を引きずりながら下りられるものか。

深夜に帰宅した父親を咲江が誘って河川敷におびき出した。三隅が隠れて待っている場所に。そうした場合、咲江が先を歩いて父親を誘導しなければならない。

遠くに街灯があるが、ここまで光りは届かない。足を引きずりながらだと、足元が確認できず、何度も転びそうになった。だが殺害場所まで30分。一度も転ばずに辿りついた。体力の違いはあるが、咲江は慣れているぶん、転んだりしなかったはずだ。

重盛は滑りやすい革靴で咲江はスポーツシューズという違いもある。可能なのだ。

だがそれでも重盛はほかのルートも試してみた。

静まりかえった深夜の河川敷に、革靴を引きずる音が繰り返し繰り返し響き続けた。

どのルートも転ぶことなく重盛は現場に到着することができた。

その現場に立って重盛は対岸の東京の灯を見ながら、頭に当日の様子を思い描いた。

咲江の背後から好色そうな顔で歩いている山中社長。何度も振り返りながら、誘導している咲江。

草むらに隠れていた三隅が音もなく社長の背後に忍び寄り、スパナを後頭部に振り下ろす。うめいて倒れる社長。

返り血を浴びて、それを手の甲で拭う三隅。

だが途中から、重盛の脳裏に違うイメージが取って変わった。

咲江が直接の実行犯なのだ。なんらかの方法で父親を河川敷に呼び出して、身を隠していた咲江自身がスパナで父親の後頭部を殴打する。何度も何度も。憎悪に歪んだ咲江の顔に返り血が飛び散った。

父親の死体を燃やす炎が咲江の顔を照らしている。咲江の顔には後悔はない。ある種の高揚感があるように見える。やがて彼女は手の甲で、頬の返り血を拭う。

供述調書から重盛が想像した、三隅が血を拭うしぐさと同じだ。

咲江が実行犯である可能性は低い。体力的に難しい。だがその可能性はあった。アリバイは彼女にはない。そして父親に対する殺意にあったといっている。三隅がただの身代わりだとしたら……。

重盛は幹線道路まで出ると、タクシーに飛び乗った。


三隅にはすぐに会うことができた。

重盛が面接室に入ると、珍しくすでに三隅が椅子に腰かけて待っていた。三隅はにこやかな笑みを浮かべて、手を上げて迎えた。

三隅は「どうも」といいながら、重盛の乱れた髪と靴に目をやった。それで重盛も気づいた。左の革靴だけが汚れているのだ。咲江のまねをして歩いたので、汚れているだけではない。革が傷だらけになっている。もう履けないだろう。

「遅くにすみません」

夜間の接見であることをわびつつ、重盛は面会室の椅子に腰かけた。

「ちょうどよかった。どうせすぐには眠れないから」

「今日は咲江さんの件で来ました」

そういって重盛は三隅の反応をうかがった。それまで浮かべていた笑みが消えて、重盛の顔を凝視する。

重盛はプリントアウトしてきた三隅と咲江と雪のケーキが映った咲江の携帯の写真をガラスに押しつけて見せた。

「これ覚えてます？　去年の2月15日。大雪の日です。あの河川敷であなたが咲江さんと撮ったものです」

三隅は無表情のまま返事をしない。

「彼女はこの時、自分が父親からずっとレイプされていることをあなたに告白した、といっています」

三隅の表情に変化はない。友人であったなら衝撃的な事実だ。だが三隅の顔には変化がない。

「覚えていません」と三隅はとぼけているようだ。

「そうですか」と重盛は父親宛てのハガキを取り出して、それを写真のかわりにガラスに押し当てた。

「でも、これは覚えてますよね。あなたが僕の父に送ったハガキです。日付は2月の20日。この写真の5日後です」

三隅は口を開こうとしない。だがその目は探るように重盛を見つめている。どこまご知っているのかを見極めようとしているかのように。

咲江と雪のケーキをつくった時に三隅は娘のことを思い出していたはずだ。そのあとに咲江にレイプを告白されているのだ。

「あなたにとって咲江さんは娘のかわりだったんですよね？」

三隅はやはり何も反応しない。表情から読まれないようにしているようだ、と重盛はかまわずに続けた。

「あなたは咲江さんを救うために、彼女の父親を殺した」

三隅はやはり無表情のままだ。

「彼女の殺意をあなたが忖度《そんたく》した」

すると三隅は楽しげに笑った。

「あの娘、そんなことといってんですか？　嘘ですよ、そんな話」

様々な事実を知ってから見ていると、三隅の笑みはつくりものだと重盛は思った。誤魔化すため。翻弄するため。

「嘘ですか？」と重盛は問いかけた。

三隅は台に肘をついて、重盛の顔を覗きこんだ。

「重盛さん、あの娘は、よく嘘をつく子ですよ」

　この言葉は重盛の心に響いた。そして揺らがせた。重盛が咲江を疑う大きな理由のひとつだったからだ。三隅もまた咲江のことをよく知っているのだ。逆に重盛は三隅に尋ねた。

「どうしてあの子が、あなたを助けるために嘘をつくんですか？」

　重盛の質問に三隅の顔にわずかだが、困惑が広がったように重盛には見えた。だがすぐに三隅は声をたてて笑った。

「そりゃあ、本人に聞いてくださいよ」

　重盛は確信した。三隅は咲江を守ろうとしている、と。

　だが重盛は今日は追及の手を緩める気はなかった。とことん詰めていくつもりだった。

「じゃあ、もうひとつ教えてもらってもいいですか？」

「ええ」

「犯行当日のことです」

「はい」

「どうやって、あの河川敷まで社長を連れていったんですか？」

「どうやって？」

「ええ、だってクビにした……」とさすがに重盛にいいよどんだが、すぐに開き直って続けた。

「クビにした……いっちゃあなんだけど、あなたみたいな人間にノコノコついていかないですよ、普通」

殺人の前科を持った男に深夜の河川敷に呼び出されて〝ノコノコ〟ついていくのはどう考えてもおかしい。社長はあの夜、地域の事業者の会合で酒を飲んでいた。いくら酔っていても、その判断がつかない、とは思えなかった。

「大事な話があるって、そういいました」

「なんですか？　大事な話って」

三隅の顔にまた困惑のようなものがあった。重盛は手応えを感じ始めていた。

すると〝やむなし〟とでもいうように三隅はため息まじりに答えた。

「偽装のことで」

「偽装？」

「食品偽装。月に一度、出所のよくわかんない小麦粉が内緒で運ばれてくるんですよ」

これは新事実だった。重盛は息をのんだ。

「それをタダみたいな値段で買って、すり替えるんです。汚い仕事です」

「じゃあ、あの50万円は……」

「その仕事に対するお金です」

「保険金殺人じゃなくて？」

「はい」

重盛は混乱していた。だがひとつ大きな疑問が浮かんだ。なぜ保険金殺人などという話をしたのか。

「どうして、そんな嘘を……」

三隅は考えこむような顔になって押し黙った。何か嘘を考えている、と重盛は悟った。その瞬間にひらめくものがあった。

「裁こうとしたんですか？　あの母親を」

三隅はやはり視線を逸らして黙りこんでいる。

「夫と娘のことを、見て見ぬふりしたから？」

もはや三隅は完全にうつむいてしまっている。否定もしないし、誤魔化そうと笑ったりもしない。追い詰めている実感を重盛は感じ取っていた。もうひと押しだ。

その時、重盛は三隅が大きく息をついたのを聞いた。まるで何かをあきらめたかのような大きな吐息。

「重盛さん」

三隅の声に重盛は恐怖を感じていた。

「何？」と重盛の声が不安げに揺らいだ。

「いや、どうせ信じてもらえない」

三隅は下を向いたまま、そういって首を振った。

「話してくださいよ、なんなんですか？」

やはり顔を上げずに「嘘だったんですよ」とつぶやいた。

「嘘？」

「私は河川敷には行ってません」

三隅はやはり視線を合わせずにそういい出した。

「本当は私、殺してないんです」

「こ、殺してない？」

すると三隅が顔を上げた。その顔には仮面のように表情がなかった。

「私、本当は殺してません」

きっぱりと断言する三隅に重盛は言葉を失った。たしかに咲江の実行犯を疑っていた。だが、それはとても可能性の低いものだ。裁判で争えるとは思えないほどに。だが、三隅が犯人でないと信じることは難しかった。

「いや、だって、なんで今頃……どうして、最初から否認しなかったんですか？」

　重盛は詰問調になった。

「しましたよ」と軽い調子で三隅が返す。

「いいましたよ。やってないって。刑事さんにも、検事さんにも、弁護士さんにも」

「弁護士にも？」

「はい、最初に拘置所に来た時」

「摂津に？」

「ええ、でも嘘つくなって。認めれば死刑にならないからって」

　三隅が本気で犯人ではない、と主張したのだろうか。だがたしかに摂津は最初から情状酌量を狙っていた。罪を認めさせてしまおう、と〝法廷戦術的〟に考えていても不思議ではない。

「でも……」

　重盛はまたも混乱していた。三隅が何を意図しているのか、さっぱりわからない。

「でも、いくら死刑にならないからって、それ認めちゃったら、また……」

　たとえ〝法廷戦術的〟に無期懲役を勝ち取ったとしても三隅の年齢を考えれば、死ねまで刑務所から出ることはないだろう。

重盛を遮るように、三隅が声をあげた。泣いているように重盛には見えた。

「あの工場で、人の弱みにつけこんで生きているより、刑務所のほうが、嘘つかずにすむから」

安い値で買い叩かれる小麦の生産者。それでも現金を得るために売らざるをえないのだ。安く叩かれる理由がある小麦を、産地などを偽装して高額な値段で売りさばくのだろう。三隅の報酬が50万円と高額なのを考えると、それがどれだけの利益を工場にもたらすかが知れる。

三隅の目にはやはり涙が浮かんでいる。ガラスに顔がついてしまいそうなほどに顔を寄せると、涙のたまった目で重盛に訴える。

「信じてくれますか?」

重盛は困惑していた。返答に困った。

「だって、今まで、さんざん……」

三隅は泣き出した。口に手を当てて漏れる嗚咽《おえつ》を押しとどめようとしているが、泣き声が漏れる。

嘘泣きなのだろうか、と重盛は一瞬疑った。だがとても演技しているようには見えない。

　重盛は困り果ててぼやいた。

「それが、今回だけ信じてくれっていわれても……」

「はい」とうつむいて三隅は手で目頭を押さえた。ひどい取り乱しようだ。

「ちょっと待ってくれよ」と重盛は情けない声を出してしまった。

「やっぱり信じてもらえませんか……」

　三隅は大泣きしている。

　もしかすると、口止めするために咲江が……。

「いや、三隅さん、ここにだれか来たの？　あなたに会いに、ねぇ！」

　重盛は次第に自制を失っていった。最後はすがるような大声になった。

「いえ、重盛さんだけですよ」と三隅は今度はやけに冷静に答えた。

　重盛は完全に混乱してパニックになりかけていた。何が真実なのか、重盛は心底知りたかった。

「頼むよ」という言葉が漏れた。その途端に、重盛のなかで何かが弾け飛んだ。

　重盛はガラスに全力で手のひらを打ちつけた。

「頼むよ！　今度こそ、本当のことを教えてくれよ！」

重盛は絶叫していた。

刑務官の歩く足音が聞こえて、重盛はうろたえ出した。接見に来た弁護人が取り乱しているという、事態の異常さに気づかされたのだ。

三隅が泣き顔ながら、優しげな目で重盛に声をかけた。

「大丈夫ですよ。聞こえませんから」

重盛はようやく落ちつきを取り戻しつつあった。犯人であることを否定するならば、その事実関係を検証しなければならなかった。

「財布は？　ねぇ、財布は、盗んだんだろ。盗んだんだろ？」

声が震えているが、冷静にしようと声を低めて尋ねた。だが重盛は明らかに動揺している。

三隅は泣き止んで、落ちついた口調で答える。

「はい、盗みました。事件の日に、偽装のことバラすぞって社長を脅して」

「金は？」

財布には37万円の現金があったはずだ。それがなくなっていた。ギャンブルですべて使ったといっていたが、それは証明されていない。

「娘に送りました」

三隅の証言が変わった。娘に？　だが重盛は頭の整理がつかなかった。

三隅はまた目に手を当てて泣き出した。

重盛はその三隅の手を見ながら、財布を抜き取った時にできたと思っていたヤケドを指さした。だが慌てていてガラスがあることを忘れて痛いほどに人差し指をぶつけてしまった。

「そのヤケドは？」

「ちょうど前の晩、たき火をしてて」

また泣き止んでおだやかな声で答える。

重盛は三隅に翻弄されていた。それを自分でも感じて、ますます混乱してしまう。

「あの河川敷へは？」

すると三隅はまた泣き出した。顔をくしゃくしゃにゆがめて。

「だから行ってません！」

三隅が大声を出した。

重盛は狼狽《ろうばい》していた。

「そうか。行ってないか。さっき聞いたか」と重盛の声が震える。

落ちつこうと息をついて、三隅から視線を逸らすためにうつむいた。

ガラスの向こうで何か動く気配があった。恐る恐る、重盛は顔を上げた。すると、三隅がガラスに鼻先がつきそうなほどに、顔を寄せていた。

「信じてくれますか？」

三隅は絞り出すような声だ。その目には涙がたまり、必死で懇願するかのように視線を重盛に注いでいる。

重盛はその視線を受け止めた。三隅の心のなかの〝真実〟を理解しようと、その目を見つめ続けた。

重盛はようやく三隅の意図に気づき始めた。咲江を守るために……。いや……。

やがて重盛はガラスに顔を近づけて、慎重に言葉を選んで声をひそめて話し出した。

「あなたは、私の依頼人だから、あなたの意志は尊重します。だけど……」

重盛はいったん、言葉を切った。なおも言葉を選んでいた。

「だけど、今、ここで否認をするのは戦術的に不利なんです！」

ひそめていた声が大きく鋭くなってしまった。

すると三隅もそれを上回る大声を出した。

「戦術なんてどうだっていいんだ！」

三隅が拳を固く握っていた。その手がぶるぶると震えている。さらに三隅は続けた。

「信じるのか、信じないのかって聞いてるんだ！」

三隅は必死の形相だった。北海道を訪れたと告げた時と同じように。娘に会いにいったと告げた時に、三隅は本心と思える言葉を口にした。

「あんなヤツ、殺されて当然だった」という言葉。

あれは本音だった。

留萌で事件を起こして捨てた娘。

不幸にした娘。

それを三隅は一番悔いているのだろう。

三隅は咲江を守ろうとしている、と重盛は確信した。咲江がレイプされたことを法廷に持ち出されることを拒んでいるのだ。いや、それればかりではない。咲江が疑われないようにしているのではないか。

重盛が面会室に入ってきた時に三隅が自分の靴をチラリと見たのを思い出していた。重盛が咲江を怪しいと睨んで、検証をしていたことに三隅は気づいたのだ。

だから我が身が死刑になろうとも、咲江を法廷で傷つけたくない、と必死なのだ。

守れなかった娘のかわりに。

重盛は自分の娘の結花が流した涙が、頬を伝ってこぼれるさまを思い出していた。

重盛はうなずいた。

小さく何度も。


「わかりました」と重盛は振り絞るような声で苦しげに答えた。

「わかってくれましたか」

三隅も振り絞るような声だ。

重盛はなおもうなずいた。何度もうなずき続けた。だが三隅の顔を見られなかった。自白を覆して犯人であることを否認すれば、ほぼ確実に三隅は死刑になる。

うつむいてうなずくうちに、重盛は頭をゴンゴンとガラスに打ちつけていた。

だが重盛はそれにも気づいていなかった。

重盛は何かに怯えているかのようにゆっくりと顔を上げた。

三隅を見つめる。重盛は身体が震えているのを感じた。恐ろしく重大な決断をしてしまった。畏れが全身を緊張させていた。

「いいんですね？　本当に」

やはり震える声で重盛は三隅に尋ねた。だがみなまではいわなかった。いえなかった。

思いを視線にこめた。

「はい」とうなずいて、三隅は晴々とした笑みを浮かべた。

重盛はさらに三隅の笑顔を見つめ続けた。その笑みに一点の曇りもないように思えた。

重盛は確認するためのように、もうひとつうなずいた。すると三隅はそれに応じるように笑顔で何度もうなずきながら、背もたれにもたれかかった。

重盛はその笑顔を見ながら大きく息を吐き出した。

拘置所を出て、タクシーに乗りこんだ。

三隅を巡って様々な思いが、頭を駆けめぐる。

まず新たな事実だ。盗んだ金を娘に送った、と三隅はいった。だがこれは重盛の疑問のひとつを解いた。娘の恵が留萌の町から姿を消した理由だ。37万円があれば引っ越しするには充分だったろう。36歳の場末のキャバクラ嬢がホステスを手に入れて行方をくらました、と考えると腑に落ちた。おそらく二度と〝死ねばいいのに〟と思っている父親に関わらずに生きていける場所に。

次に美津江のことが浮かび上がってきた。社長が指示したのは美津江だった。本人は法廷で否定しているが、社長が指示したのではないことは明らかだ。社長がわざわざ妻の携帯でメールするとは思えない。食品偽装では大きな利益が出るのだろう。工場が抱えている借金を払えるほどの利益だ。

会社の経理を担当していたのは美津江だ。会社の窮状を救うために考えついて取り仕切っていたのは、美津江なのだろう。だから三隅が社長を脅して河川敷に誘い出したというのは筋違いなのだ。もちろん社長は偽装を知ってはいただろうが。

それをすべて社長に押しつけて美津江は知らぬ顔だ。娘のレイプを見ぬふりをしたように。

それにしても、なぜメールを残すようなまねをしたのだろう。具体的な指示はしていないが、その関係を疑うには充分な証拠だ。

わからない……と重盛はタクシーの後部座席で吐息をついた。

もしかすると、これは別の話なのかもしれない、と重盛は、ひとりうなずく。このことは考えないことにした。

三隅は咲江を守るためにすべてを懸けた。そして俺はそれを認めた。象の全体をすべて触れたような気がしていた。少なくとも三隅の真意を理解はできた。

重盛は自分の手をしげしげと眺めた。

重盛は車内が臭いような気がした。ガソリンか、と思った。だが運転手は平気な顔をしている。重盛は後部席の窓を開け放った。3月末だったが、風が冷たい。

重盛はどこかで意識的にその一連の動作をしていた。

重盛は三隅をマネていたのだ。三隅が犯行後に、タクシーのなかで撮られたドライブレコーダーの映像の動きを。三隅が手をしげしげと眺めてから、窓を開け、座席に背を預けたという一連の動き。

そうすることで、なぜか気持ちが落ちつくのだった。抱えていた懊悩《おうのう》が鎮まっていくような……。

重盛は事務所に戻ったあとも、ゆっくりと休んでいるわけにはいかなかった。三隅の第2回公判が迫っている。しかし、それでも多少の睡眠は必要だった。

重盛は眠れないかと思いながらも、背もたれを倒した自分の椅子に身体を預けた途端に眠りに引きこまれた。

起きた、というより摂津に起こされたのは8時を回ってからだった。休日だったが、亜紀子も出勤している。

すぐに重盛の栄養補助食品にコーヒーという朝食をとって、3人でソファで会議を始めた。

まず重盛が三隅は殺人を否認した、と告げた。摂津も川島もあまりの驚きに声も出ないようだ。

やがて摂津が「おいおい」といい出した。

「ふざけんなよ、何、あいつそんなことといってんのか?」

摂津が怒るのも、もっともだった。摂津に重盛は三隅の言葉を伝えた。

「ああ、自白したら死刑にならないって弁護士にいわれたって」

すると摂津は舌打ちをした。

「もう、ほっとけよ。どうせまた、いうことコロコロ変わるんだからさぁ」

そういって摂津はソファに倒れこむように深く腰かけてため息をついた。

川島がひとつうなずいた。

「僕も三隅よりも咲江の証言を優先させるべきだと思います」

今度は重盛が舌打ちをした。

「だから、それだと俺たちが三隅の犯人性を認めたってことになるんだよ」

咲江に証言をさせるということは同時に、三隅が殺人を犯したことを前提にしなければならなくなる。だがその三隅が殺人を否認しているのだ。

重盛が本気で、三隅の主張する否認に乗ろうとしていることに摂津は驚いたようで、表情が険しくなっている。

「今さらやってないなんて、いったいだれが信じるんだ?」

重盛は即座に反論する。摂津と川島の反対は折りこみずみだ。

「だって目撃者もいないんだぞ?　なあ、結局、検察の根拠は自白だけなんだよ」

重盛はかなりいらだっていた。机をバンバンと叩いて声も大きい。ネクタイもずらしていて髪もボサボサだ。どんなに仕事が忙しくても、まったく隙のない身だしなみを常にしている重盛とは思えないような乱れぶりだ。いつもなら徹夜しても必ずシャワーを浴びて、着替えてくるのだから。

「恐くなったんだって」と摂津がひとり言のようにいってうなずきながら続ける。

「裁判が始まって、死刑が現実的になったからさ、急にさ。よくある、よくある……」

あくまでも摂津が一般論に落としこもうとすることに、重盛は強い反発を感じていた。

三隅は咲江を救うために殉じようとしているのだ。だがそのことは決して口外できない。

「いやいや、あいつはそんなんじゃない」

「なんで、そんなことわかるんだよ?」と摂津が珍しくむきになった。

「わかるよ、そんなことぐらい」

重盛もすっかり子どものようにいい返す。

すると摂津が一歩退いた。怪訝そうに重盛を見て首をひねる。

「何か危険だなあ」

摂津は重盛の変化に気づいたようだった。重盛が三隅に精神的に〝侵食〟されているのを。

「危険？」と重盛は自覚がなかった。

　摂津は資料を手に取ると、重盛に突き出して見せた。そこには黒焦げに焼けた山中社長の写真がある。

「こんな、なぁ。こんなことしたやつなんだぞ？　重盛、見てみろよ。ほら、なあ。これがまともな人間のやることか？」

　摂津は重盛の顔に押しつけんばかりにして、声を荒らげた。

　亜紀子が自分のデスクの前で心配そうに2人の激しいやりとりを見守っている。

　するといきなり重盛は資料を手で荒く床に叩き落とした。

「こんな父親はな、殺されて当然なんだよ！」

　重盛は怒鳴っていた。

　川島が「当然って……」と驚いている。

　重盛はそんな川島をにらみつけた。

　川島は視線を逸らして、床に落ちた資料を拾い上げる。

　摂津は半ばあきれたような顔で、重盛から視線を逸らした。

「あの検事のいうとおりだな。おまえみたいな弁護士が、犯罪者が罪と向きあうのを妨げるんだよ」

向きあっている、と重盛は反論したかった。これまで、こんなに重盛に犯罪者とともに罪に向きあったことはなかった。そして犯罪者の真意を汲み取って……。

「負けるぞ」と摂津が断言した。立ち上がると、窓を開けて、電子タバコのスイッチを入れて吸いこんでから盛大に煙を吐き出すと、続けた。

「……ていうか、裁判官の心証は最悪だぞ」

覚悟のうえだった。咲江を救いたいという三隅の気持ちを重盛は押し通すことに決めたのだ。

重盛はため息をついて、昂った気分を静めると、なるべく静かに語り出した。

「でもな、本人が否認している以上、弁護士としては、その主張に沿うべきなんじゃないのか？」

主任弁護士の正論だった。卑怯なのもわかっている。もう摂津も反論はしない。川島も口を挟まなかった。

7

第2回公判のその日は朝から雨だった。かなり強く降り続けている。だが重盛たちが横浜地裁に到着すると、人だかりができていた。三隅の事件の傍聴席を求めて列をなしているのだ。

さらにテレビのカメラなど報道陣も多く詰めかけており、各社のレポーターが口々に「事件の真相が明らかになるのか」と同じ言葉をカメラに向かってしゃべっている。重盛たちはその脇を通り抜けて、玄関へと向かった。

重盛は傘の雨を払いながら、玄関へと入った。

摂津はひどく不愉快そうな顔で乱暴に傘の雨を切る。いつもにこやかな川島も不機嫌そうだ。とはいえ摂津と川島も渋々ながら、重盛の意見に同意している。次に必要なのは咲江の説得だった。

今日は咲江は検察側の証人尋問のために、裁判所にやってきているはずだ。

控室の前で待っていると、咲江が制服姿でひとりでやってきた。母親の美津江がいると厄介なことになりそうだったので、重盛はほっとしていた。

重盛は咲江を休憩室に案内する。もっと人目につかない場所がよかったのだが、部屋が借りられなかった。

そこに摂津と川島も同席した。

休憩室には椅子があるのだが、壁際に並べられているので、向きあえない。自然、咲江を囲んでの立ち話になった。幸い、休憩室に人はまばらだった。

咲江は緊張しているようで、顔色が悪い。少し痩せたようにも見える。今日は法廷で、父親からレイプされていたことと、三隅にその告白をしたこと。さらに父親に殺意を抱いていて、その気持ちを三隅が忖度《そんたく》して父親を殺害したことを話すと心を決めているはずだ。緊張もするだろう。

もしそうなれば、検察の篠原は必死で阻止しようとするだろう。尋問を打ち切るかもしれない。その場合は弁護側の反対尋問で咲江は話すつもりでいる。

重盛は咲江の肩と髪についた雨滴を見ていた。タクシーなどは使わずに電車で来たのだろう。

「否認したんだよ、三隅さん」と重盛が語りかけた。

「否認」と咲江はつぶやく。驚いた顔だが、正確な意味はわかっていないようだ。重盛は平易な言葉でいいなおして、咲江の反応をうかがった。

「うん、殺してないって」

「え?」と咲江は意外そうに重盛を見つめた。

重盛はまだ咲江が直接に手を下したのではないか、という可能性を捨てきっていなかった。だが、この反応が、自分のために三隅が父を殺したと確信していたことが崩れた驚きなのか、それとも罪をかぶってくれるはずの三隅が否認した裏切りの驚きなのか、重盛は判断できなかった。

摂津が咲江の説得にあたった。

「だから、あなたを救おうとしたって話、法廷ではしないでもらいたいんだ」

すると重盛の方針にまったく納得がいっていない川島が頭を下げた。そして「ごめんね」と咲江に謝罪する。

だが咲江は沈黙して、床の一点を見つめている。その顔がますます蒼白になっていく。

「話します」と咲江ははっきりした声で告げた。

摂津がなおも説得しようとするのを重盛が、肩に手を置いて引き留めた。

重盛が摂津と川島にうなずく。

川島はなおも「ごめん」といって摂津とともに休憩室の隅に移動した。

重盛がひとり、咲江の前に立つと、咲江はまっすぐに重盛を見据えた。

「話させてください。本当のこと」

重盛は咲江の顔を痛々しいものを見るように見つめている。蒼白な顔、痩せてやつれた顔になっている。

これまで何度かのやりとりで咲江がとても頭のいい子だということはわかっていた。その人なりの攻め方がある。

「話したいっていうのは……」

そういいながら、重盛は咲江の横にあった椅子に腰かけて続ける。

「自分の正義感を満足させるためなのかな？」

「違います」ときっぱりと咲江は否定する。

「救いたいんだよね、三隅さんを」と重盛が畳みかける。

「はい」

「だったら、そのことを一番に考えるのが、正しいことなんじゃないかな」

咲江は返事をしなかった。だが、咲江の視線が揺らいだ。

重盛はもうそれ以上何も言わなかった。

咲江は三隅を救いたい。そして三隅も咲江を救いたい。重盛は三隅の希望を優先させたのだ。


かなりの強雨が続いているが、傍聴席は満員だった。メディアの報道のせいだろう。また、父親の葬儀の映像が何度も流されたのだが、被害者の娘、つまり咲江が美少女だと、ネットで騒がれていたからでもある。

傍聴席には記者ばかりではなく、一般人と思われる男性の姿が目についた。

最前列には美津江の姿があった。

検察官の篠原が検察官席から、証言台の咲江に質問をする。

咲江はやはり緊張からか青ざめている。

弁護人席で重盛は三隅の頭越しに咲江を見守っていた。検察側は篠原が作成した想定問答を咲江に徹底的に練習させているだろう。そのとおりに咲江が話してくれなければ、三隅の望みは叶えられないことになる。

「被告人には、今どのような感情を抱いていますか?」

篠原に尋ねられたが、咲江は唇を固く閉じたままだ。

篠原は不穏な雰囲気を察して重ねて聞いた。

「大切なお父さんを残虐に、金銭目的で殺されたわけですよね？」

これは想定問答にはない質問だ。咲江の〝答え〟の部分を篠原が読んで聞かせているようなものだった。

「三隅……さんは……」

咲江が言葉を選びながら口を開いた。

篠原が眉をひそめる。

「お金のために殺したんじゃないと思います」

篠原が慌てふためいて、隣に座る上司の顔色をうかがった。いつも無表情の上司が顔をしかめて首を振った。

傍聴席がザワついている。美津江も驚きで目を見開いて娘を見ていた。

重盛も不安になっていた。三隅の後頭部しか見えなかったが、動揺しているふうには見えない。

篠原は上司の指示どおりにした。

「質問を変えます。被告人に対しては、どのような処罰を望みますか？」

想定問答では〝厳罰を望みます〟と発言するところだ。

咲江は視線を証言台に落としたままで答えた。

「死刑は望みません」

篠原はまた上司に目をやった。上司は激しく首を振る。

篠原は想定問答の書類を繰った。そしてもっとも当たりさわりのなさそうな質問を探した。

もう篠原は狼狽していなかった。篠原は咲江の横顔を睨むようにして見つめながら問いかけた。

「亡くなったお父さんに対して何かいいたいことはありますか？」

重盛は思った。咲江はきっとこの質問の時に父からのレイプのことを話そうと決めていただろう、と。重盛は固唾をのんで見守った。

長い沈黙だった。

「ないですか？」と篠原が叱るような口調で催促する。なぜ練習どおりに話さないんだ、といわんばかりの詰問調だ。

それでも咲江は黙って伏目がちに考えている。

やがて咲江は目を上げた。

「私を生んで、育ててくれたことを感謝しています」

それまでの調子とはまるで変わっていた。作文でも読んでいるように棒読みだった。重盛は弁護人席でそっと吐息をついた。咲江も三隅を救おうと決断したのだ。重盛の言葉を信じて。

予定していた咲江への弁護側の証人尋問は行わなかった。三隅が殺害したことを否認しているので、咲江に証言してもらう必要がなくなったのだ。

翌日の第3回公判で、重盛が質問をするのは三隅だ。

弁護人席から、証言台を前に座っている三隅に尋ねた。紛糾必至の被告人質問になる。

「あなたは、10月11日の夜、タクシーで帰宅する社長を工場の前で待ち伏せしましたね」

「はい」

三隅は背筋を伸ばして座って、ほぼ無表情で答える。

「これはなんのためですか」

「脅して金を盗もうと思ってました。クビになって、ヤケになって」

「財布はどうしました?」

「財布は盗りました。でも、それだけです。私は河川敷には行ってません。殺してないんです」

篠原が椅子を蹴立てるようにして立ち上がった。

傍聴席の記者たちが、ザワザワとささやきかわし、目配せをしている。

篠原は怒りを抑えながらも、強い調子で抗議した。

「本件は犯人性に争いがないことを前提にしています。弁護側……」

いきなり三隅が篠原を見て怒鳴った。

「俺はやってないって、いったんだ!」

篠原は一瞬、ひるんだが、すぐに抗議を続けた。

「弁護側が犯人性を争う趣旨で、この質問をしているのであれば、期日間整理をしていただきたいです」

篠原は争点が変わるのであればこのまま公判を続けることはできない、と訴えたのだが、その声はほとんどかき消された。

三隅が怒鳴り続けているのだ。

「やってないっていったのに、検事がトイレまでやってきて、殺したって認めたら、死刑にはしないって、そういったんです！　だから認めたのに、みんなで寄ってたかって……」

裁判長が三隅をとがめる。

「静かにしてください」

それでも三隅は大声で怒鳴り続ける。

裁判長は重盛に大きな声で尋ねた。

「弁護人はどういう趣旨で、この質問をされていますか？」

重盛も大声で答える。

「被告人は犯人性を否認していますので、犯人性を争います」

三隅はなおも大声で主張を続ける。

「弁護士も否認しないで認めろって。そ、そう、そうすれば助かるって！」

裁判長が声を荒らげた。

「被告人、静かにしなさい！　退廷を命じますよ」

三隅は今度は裁判長に向かって訴える。

「俺のいったことはだれも信じてくれないから、今、ここで本当のこと聞いてほしいんです。裁判長、私は殺してません！」

そういうと三隅は大きくため息をついて黙りこんだ。

裁判長は休廷を宣した。

裁判官室の脇にある別室に重盛たちが入ると、すでに裁判官たちと検察官たちが座って待っていた。全員が顔をしかめている。

重盛たちが座るのを待たずに、裁判長が問いかける。

「弁護人、これ、どういうおつもりですか？　争点は強盗の故意と量刑でしたよね？」

「被告人の供述が、急遽変わりまして……」

重盛の説明を裁判長が遮る。

「弁護側としては、今後の方針は？　〝犯人性〟を争うんですか？」

穏やかな裁判長にしては珍しいほどにいらだちを見せている。

摂津が「いや、弁護側としては、これ以上は……」といいかけるのを重盛が遮った。

「いえ、争います」

重盛の言葉に裁判長は、眉間にしわを寄せて、摂津と重盛を交互に見る。

「どっちなんですか？」

摂津は重盛に小声で「無理だよ、重盛。これ以上は……」と諭す。

「犯人性を争います」

摂津を無視して重盛はいい放った。摂津が顔をしかめてため息をついた。

「検察官、これ、ご意見は？」

裁判長はかなりいらだっているようで声がうわずっている。

裁判長に問われて篠原は険しい顔で答えた。

「もともと犯人性は争点になってなかったので。だとすると公判を最初からやり直すしか……」

三隅が殺人を犯したか、否かを争うということであれば、もう一度、仕切り直しをしろ、という篠原の主張は検察側として当然のことだった。

篠原の鋭い目が裁判長にまっすぐに向けられている。まったく妥協する余地はない、という姿勢の表れだ。

すると、裁判長はガクリと首を落として考えこんでしまった。

新たな争点を巡って公判やり直しとなれば、起訴からの数カ月がまったくの無駄になってしまうのだ。さらにせっかく集めた裁判員も解散したうえで、新たに選任しなければならなくなる。びっしりと埋まった公判のスケジュールを思えば考えこんでしまうのも当然だった。

長考だった。だが裁判長はようやく顔を上げた。

裁判長の顔に、おもねるような微笑があった。

「弁護人、これ、争点に犯人性を加えたうえで……」

裁判長の視線は摂津に向けられている。言葉の先を摂津に続けるようにうながしている。

摂津はすぐに理解して「ああ」と応じた。

「このまま続行ということで」

重盛は口を挟まない。おそらくどんなかたちで争っても結果は変わらない。三隅の殺害を否認する追加の証拠はまったくないのだ。公判をやり直しても結果は変わらない。

裁判長は篠原に視線を移した。

「検察側の主張もわかりますが、まあ、いきなり出てきた主張ですしね」

裁判長は全員に目配せしながら小さく笑みを浮かべる。つまり三隅の犯人性の否認という主張は〝大した主張ではない〟という意味だった。

裁判長は篠原に目をやった。

「弁護人も続行を希望してますし、裁判員の都合もありますからね」

だが篠原は納得できずに反論した。

「いいえ、きちんと反論主張と犯人性の立証をさせていただかないと……」

すると横に座っていた上司が口元を隠して篠原に耳打ちした。

珍しく篠原は「でも」と反論しかけたが、さらに上司が耳打ちをした。

まるで憑きものが落ちたかのように、篠原は無表情になった。

「そうですね。まあ、根拠のある否認ではないですし」

篠原の言葉に裁判長は笑顔になった。

「そのほうが訴訟経済にもかないますしね」

〝訴訟経済〟とは、その言葉どおりに訴訟での労力、時間、経費などをできるだけ節約すべきという要請だ。裁判は税金で行われている。本来争っても仕方ないことに、裁判官も検察も弁護士というかぎられたリソースを割くことは、法の公正で適切な運用上、望ましくないという考え方だ。だが裁判官にとって、訴訟の効率的な進行は成績でもある。裁判長といえど、公務員なのだ。

その言い訳として〝訴訟経済〟を持ち出した。人の「死」に直結する場面であるにもかかわらず。

「訴訟経済って……」とショックを受けた川島は思わず口のなかでつぶやいた。

問題を大きくせず、丸く収めた裁判長はにこやかな笑顔で告げた。

「じゃあ、検察側から犯人性の客観証拠をご請求いただいて、公判はこのまま続行ということで」

最後は裁判長はほっとしたらしく満面の笑みになった。その笑みが意味するものは三隅の〝死〟だった。


別室から廊下に出た重盛たちは、そこで立ち話を始めた。

裁判長による根回しは初経験だった川島は興奮状態だ。

「最初から裁判やり直すのかと思いましたけど」

川島は重盛に向かって話していたが、重盛は返事をせずに顔を背けた。

摂津が笑う。

「ま、そういうことには、ならないんだなあ」

「なんか、みんなで目配せして、なんか〝あうん〟の呼吸って感じでしたね」

摂津が手振りを交えて解説する。

「今さらやり直したって、結論変わらないよっていうサインを裁判長が出したからさ」

そこを認めたので検察側も乗ってきたのだ。

うなずきながらも川島がちょっと不満げな声を出した。

「三隅が殺してないって、だれも信じないんすね」

重盛は無表情のまま押し黙っていた。だが、川島の発言にちらりと川島の顔を見やった。だが口を開かない。かわりに摂津がなだめる。

「仕方ないよ。裁判官だってスケジュールどおりに数こなさないと評価に響くわけだし。立場は違うけど、みんな同じ〝司法〟っていう船に乗っているわけだから、な？」

川島はやはり渋々だが、「はい」とうなずいた。

重盛は気まずそうに、川島から顔を背けた。


4月に入ってすっかり春めいてきた。

三隅は春の陽気に誘われて、独房で昼寝をしていた。すると窓の外で、小鳥のさえずりが聞こえた。カナリアの鳴き声に似ている。

三隅はその声に反応して目を覚ました。小鳥が窓の外を飛んで木の枝に止まっている。

そっと静かに起き上がると、テーブルの上の食べかけのスナック菓子を手に取って窓辺に立って窓を静かに開ける。

スナック菓子を手のなかで砕いて呼びかけた。

鉄格子の間から手を突き出す。

「ほら、ご飯、ご飯。ホラ、おいで。ここ、ここ」

三隅はスナック菓子を窓辺に置いた。

「ほら、おいで。食べな」

「三隅」

ドアの外から刑務官にたしなめられて「はい」と窓を閉めると、窓辺を離れた。

4月2日が判決の日だった。別件で徹夜をした重盛は、マンションの部屋で仮眠を取って、午後からの三隅の判決に向かうところだった。

マンションのエントランスまで来ると、マンション住民らしき母子連れが入ってこようとするところだった。幼稚園生の娘と母親だ。園からの帰りらしく、園服を着ている。自動ドアの前で立ち止まると重盛は母子に「どうぞ」と道を譲った。「ありがとうございます」と母親がお辞儀をすると、娘が「こんにちは」と挨拶をした。

「こんにちは」と挨拶を返した重盛は少女が手にしていたものを見て目が離せなくなった。

パンパンに膨らませたビニール袋のなかに色鮮やかな熱帯魚がいる。よく見るとカクレクマノミ……〝ニモ〟だった。

重盛は、〝ニモ〟を5匹と大きな水槽を買ってきた時の、娘の結花の笑みを思い出していた。

思いを振りきるように、重盛はエントランスを出た。

だが階段を下りながら、結花の頰を伝い落ちる涙を思って全身に冷水を浴びせられたように寒けがした。

俺は何をしたんだ、と重盛は階段を下りるのがひどく億劫《おっくう》になった。疲れているのだ、と自分にいい聞かせながらも、得体の知れない倦怠感のようなものに全身を包みこまれているかのようだった。

重盛はマンションの前にある桜がつぼみをいっぱいにつけて大きく膨らんでいるこ

とに、その時、初めて気づいた。いや、この15年、そこに桜の穴があることを知らなかった。

横浜地裁に重盛が到着すると、咲江の姿があった。階段を上っている後ろ姿だ。手すりにつかまって、不自由な左足をかばって1段、1段と上がっていく。

咲江の将来をふと思った。父親に性的虐待を受けたという亜紀子の知り合いの話が浮かんだのだ。自傷、出奔、薬物中毒、投獄……。彼女のなかで何が歪んでいるのだろう？　重盛は三隅との関係を歪みと思っていた。父親が死んだことで、その歪みはなくなるものなのか。だが少なくとも、もうレイプを受けることはなくなった。そう、三隅と自分は咲江を救ったのだ。

重盛は咲江に声をかけずに、別の階段に向かった。咲江が獣医として、笑顔で動物たちの治療をしている姿を思い浮かべながら。

「主文、被告人を死刑に処する」

裁判長が宣した瞬間も証言台の前で直立していた三隅はまったく感情を表さなかった。まっすぐに裁判長のほうを向いて、身じろぎもしない。

その様子を重盛は弁護人席で見ていた。

「被告人が公判に至って初めて犯人性を否定することになった理由に合理性は認められないし、被告人の弁解のうち、被害者から財布を脅し取ったという弁解は、客観証拠の齟齬《そご》する部分があり、およそ信用できるものではない」

裁判長は判決文を淡々と読み上げていく。

重盛はその裁判長に目をやった。もちろんそこにいっさいの感情は見えない。

三隅が咲江を救うために、死刑を選んだという事実を突きつけたとしたら、裁判長はどんな顔をするのだろう、と重盛は思った。だがおそらく、と重盛はそっと吐息をついた。〝では、控訴なさい〟というだろう。〝正統な手続を経て、私は判決を下したのだから〟と。

「本件メールについて検討するに、それまで被告人と証人美津江との間で被害者の殺害をほのめかすような発言はいっさいなかったと認められ、本件メールの内容自体も明確な殺害の依頼文書となっておらず、これを殺害の依頼と考えるのは、およそ憶測の域を出ない――

裁判長は判決文を読み上げていく。

重盛は傍聴席に目を向けなかった。咲江と美津江が最前列に座っているはずだ。

咲江の視線が怖かった。

「以上に加えて被告人は捜査段階で自白していたものの、公判に至り、一転して否認し、不合理な弁解に終始し、責任逃れに汲々《きゅうきゅう》としているのであって……」

裁判長の読み上げる判決文の言葉が重盛の耳には入ってこない。おそらくはこの法廷にいるすべての人がそうだろう。三隅自身でさえも。

閉廷後に、手錠をされて、腰縄を打たれている最中に、重盛は三隅の前に歩み寄った。なんと声をかけるべきかわからなかった。〝これでよかったんですね〟と確認したい、という衝動があった。

三隅は穏やかな表情で、重盛を迎えた。初めての接見で感じたような空疎な微笑だ。

三隅はまた空っぽの器になったのだろうか、と重盛が思っていると、いきなり三隅は両手で重盛の手を取ると、その手を包むように握って「ありがとうございました」と一礼した。

重盛は言葉をかけることも、返礼さえできなかった。ただ三隅に握られた右手をぼんやりと眺めるばかりだ。また心のなかを読まれたのではないか、と思ったのだ。頭のどこかでは完全に否定している。だが、その恐怖が頭を離れない。

三隅は廷吏に伴われて退廷していく。

傍聴席には咲江がひとりで座っていた。美津江の姿はない。先に帰ってしまったようだ。

三隅が近づいてくると、咲江は立ち上がった。

咲江は三隅を見つめている。泣き出しそうな顔をしているが、涙は流していない。何かを訴えかけようとしているかのようだ。

だが三隅は咲江に視線を向けなかった。

背後から見ている重盛からは見えなかったが、三隅は咲江にのみ見えるように、手錠をはめられている両手を重ねあわせて、そこに視線を落とした。

まるでその手のひらのなかにカナリアが包まれているかのように。そして、歩きながら、その両手を開いた。

手のひらから逃れ、まばたくカナリアを三隅は目で追っている。法廷のなかを飛び回り、扉の外へと自由にはばたくカナリアを。

三隅はカナリアを追って宙を見たまま、退廷していった。

咲江は蒼白の顔のまま、三隅を見送った。

法廷の扉が静かな音をたてて閉じられた。

重盛はその様子を背後から見ていた。重盛の視線は咲江に集中している。咲江が三隅に何か声をかけるのではないか、あるいはサインを出すのではないか。「身がわりになってくれてありがとう」と。

だから、重盛は三隅が咲江に届けたメッセージにまったく気づかなかった。三隅の背中しか見えていなかったから、三隅の手の動きは見えない。

カナリアは蒼白な顔のまま法廷の扉を見つめ続けていた。

当然ながら控訴――不服申し立て――の手続をしようとする摂津を、重盛が引き留めた。三隅の意志で控訴はしないと告げたのだ。本人が控訴を望まないのであれば、いくら弁護人が控訴しても受理後に取り下げることになるだけだ。

摂津は引き下がった。川島も黙っていた。

重盛は2人を控室に待たせて、重盛は咲江と話そうと廊下を歩いていた。休憩室の前で、重盛は足を止める。

休憩室のなかでひとり、咲江が座っていた。こうべを垂れて、背を丸めている。うちひしがれている様子だ。

咲江は両手を組みあわせていた。まるでその手のひらのなかに何かを収めているかのように丸く。それは法廷で最後に三隅が咲江にこっそりと見せた手のかたちだ。だが、それは同時に重盛に面接室でカナリアを放つまねをした時のかたちだった。

なぜその手のかたちを咲江が知っているのか。ただの偶然か……。

しかし、咲江は手のかたちを見つめて何かを真剣に考えているようだった。

なぜ……、と思っていると、咲江が顔を上げて、休憩室の前にたたずんでいる重盛に顔を向けた。

合わせていた手をほどくと、咲江はゆっくりと立ち上がって、重盛をまっすぐに見つめている。

重盛は休憩室のガラスの扉を開いて、なかに入った。

咲江は哀しげな目で重盛を見つめていた。静かな怒りがその目には湛えられていると、重盛は感じた。

「すまない」と重盛は深く頭を下げた。

咲江は黙っている。重盛は頭を上げた。

「あの人の……いったとおりでした」

つぶやくような声で咲江が話す。

あの人？　三隅のことか、と重盛は思った。

目を床に落として咲江が続ける。

「ここではだれも本当のことを話さない」

「だれも？」

重盛は思わず聞き返していた。

咲江が重盛の顔をちらりと見やってうなずいた。

三隅も嘘をついた。咲江も嘘をついた。美津江も、検察官も、裁判長も、そして重盛も……。だが、咲江を守りたいという三隅のために、重盛は力を貸しただけだ、と思っていた。嘘というよりこれは方便で……。

「だれを裁くのかは、だれが決めるんですか？」

咲江の目がまっすぐに重盛に向けられている。

重盛は咲江の言葉の意味がわからなかった。三隅を裁くことに決めたのは警察が始まりで……。と考えながら、咲江の言葉の意図にようやく気づいた。

あの法廷にはたくさんの〝罪人〟がいた。殺人を犯した三隅、教唆した疑いがあり、さらに父のレイプを法廷で話さないことにした咲江、真実を隠蔽した重盛たち、勝利するために三隅の否認を黙認した検事たち、訴訟経済を優先し公判を続けた裁判長、夫による娘へのレイプを見ぬふりをして食品偽装をも隠し通した社長夫人……。

だが裁かれたのは三隅ただひとりだ。

しかも三隅は殺人を否認している。

重盛は愕然としていた。自分は三隅の咲江を守りたいという気持ちを察して、三隅が死刑になるとわかっていて、三隅の否認を認めた。認めたばかりか、渋る摂津と川島を説得までして押しきり、咲江にも三隅を救うためにレイプのことを語るなといった。そして、死刑になるとわかっていながら、裁判長にも篠原にも否認を無理をして通した。

むしろ、裁判が早く終わるほうを選んだ。

重盛は三隅を選んで〝理不尽に〟裁いたのだ。

まさに三隅と同じく、咲江を守るために、重盛は三隅を殺したのだ。

重盛は咲江が目の前に立って、自分を見つめていることも忘れていた。

ただ呆然と立ち尽くしている。

やがて咲江が無言で立ち去る時に、ようやく我に返った。

ひとり、取り残された重盛は、また、自分の思考の渦にのみこまれていった。

摂津と川島が迎えにくるまで、重盛は休憩室でぼんやりとした表情で立ち尽くしていた。

摂津にうながされるままに、重盛は休憩室を出て、階段を下りて、玄関に向かった。

まったく口を開くことなく沈痛な面持ちで階段を下りていく重盛の肩を摂津がポンポンと叩いた。〝それでいいんだよ〟というふうに。

公判の途中で被告人がいきなり無罪の主張を始めることなど、よくあることだ。

そんなに落ちこむことはないよ、次はがんばろう。

おそらく摂津はそんな気持ちをこめて重盛の肩を叩いたのだ。

だが重盛は摂津に目を向けようとさえせずに、ぼんやりとした表情で、階段をゆっくりと下りていく。

重盛は三隅のことをこれまでの依頼人のひとりだ、とは思えなくなっていた。


玄関から外に出ると、春には珍しい夕焼けが広がっていた。しかも真っ赤な夕焼けだった。まるで血のように。

重盛は足を止めて、夕焼け空を見やった。

まるで血に染まったかのように重盛の顔が夕日に照らされている。

それは無意識だった。

重盛は手の甲で自分の頬を拭った。その瞬間に気づいた。

そのしぐさは重盛が頭のなかで想像していた、三隅と咲江の殺害シーンでのしぐさだった。2人がそれぞれ頬の返り血を手の甲で拭っていた。

重盛は驚いて自分の手の甲を見た。もちろん血など付着しているわけもない。だが夕日が手の甲を赤く染めている。

その夜、重盛は仕事が手につかなかった。山ほど案件を抱えているのだから、ぼんやりしている暇などなかった。だが、どうにも仕事に身が入らない。ソファに座って三隅の資料を眺めるばかりだ。

父親に借りている留萌での殺人事件の資料を見ている時だった。資料といっしょに綴じられていたハガキが滑り落ちた。

三隅が元裁判長に宛てたハガキだった。

そもそも父にこのハガキを送ったのは、俺を〝共犯〟にするためだったのではないか。

三隅と幼い娘の絵。その手に塗られた赤。2つの赤。二度の殺人を示唆しているのか?

重盛は鮮烈な赤から目が離せなかった。

翌日は快晴だった。もちろん、そんなことをしている時間がないのはわかっていた。だが、そうせざるをえなかった。

朝一番で、重盛は拘置所の面会室を訪れていた。朝だと春の陽差しが面会室に射しこんでまぶしいほどだ。

重盛には待ち時間がいつもより長く感じられた。待たされながら重盛はひとつ気になっていることを考えていた。美津江と三隅のメールのやりとりだ。なぜメールを残したのか。証拠になるものだ。

もしかすると……と重盛は面会室の固い椅子に座りながら目を見開いた。


すべて三隅が仕組んでいたのではないか。食品偽装の仕事を請け負うところから始まって、仕事の依頼をメールに残し、50万円の振込をさせた。そのうえで雑誌の記者に我々とは違う保険金殺人という〝絵〟を渡した。美津江を裁くために。

そう考えると、すべてが疑わしい。咲江からレイプを告白されたのが2月、社長を殺したのは10月。この8カ月、何をしていたのか。この間、何度も咲江は三隅の部屋を訪れている。そこで毎回、レイプされたことを報告していたのか。それで想いが募って……。いや、と重盛は首を振った。大家は咲江のことをよく〝笑う子〟と評していた。レイプの話をしたあとに談笑などできるものではないだろう。

おそらくは……と重盛は考えた。

準備をしていたのだ。この8カ月という時間を使って。ギャンブルの痕跡がまったったかった三隅の部屋。おそらく三隅はギャンブルをしない。ただそれらしく見えるように、ギャンブルにハマったと口実にして、街金融に借金をつくり、食品偽装に手を染め、会社の金庫の金を盗んで、クビにされて、怨恨による強盗殺人に見せかけたのだ。

そのついでに、咲江がレイプされるのを見ないふりをして、食品偽装をしていた美津江を懲らしめた。

そして、決して咲江には傷がつかないように慎重に三隅は配慮していた。だが、咲江が自ら告白してしまったのだ。しかも重盛が咲江の犯行を疑っていることを、三隅は知った。

咲江が三隅を利用して父親を殺させたという線は捨ててもいいのか。だが三隅があれほど慎重に殺害計画を練ったのだ、とすると三隅が自発的に進めたと考えるほうが合理的か。とはいえ、どうやって社長を深夜に河川敷に誘い出したか、という具体的な方法は謎のままだ。

そう考えるとやはり咲江の関与を疑ったほうがスムーズになる……。

扉が開く音がして、重盛はもの思いからさめ、奥の扉が開いて三隅が姿を見せた。

扉が開かれると、三隅は微笑を浮かべて、前に手を組み、しばらくその場を動かなかった。

そうしていると、まるで牧師か神父のように見える。重盛は苦笑した。三隅が神父だとしたら、自分は罪を告白して許しを求める懺悔《ざんげ》に訪れた信者のようなものか、と。苦笑は長くは続かなかった。実際に重盛は許しを求める信者のような心境に違いはなかったのだ。

やがて三隅は一礼して、歩き出した。

天窓から射しこむ光りが、頭上から三隅を照らした。まぶしそうに目をすがめて、三隅は天窓を見上げた。

三隅は背筋を伸ばしたまま、顔を重盛に向けると、椅子を引いて腰かけた。

三隅はにこやかな笑みを浮かべている。重盛も微笑む。

どこから切り出すか、と重盛は迷っていた。ハガキの話をするか。咲江が事件に関与した度合いを尋ねるか……。

「桜がね」

重盛の口をついて出たのは桜の話だった。

「マンションの前の桜が、つぼみがこんなに大きくなって、もう咲きそうなんですよ」

つぼみの大きさを重盛は手で示した。

「早いですよね、こっちの桜は」と三隅も応じる。

「北海道は4月の終わり頃ですよね」

「そうですね。鯉のぼりの季節でしたね」

鯉のぼりと桜の花の景色は北海道ならではだった。重盛もその組み合わせの印象が強い。その頃は桜の花を綺麗だ、と思う余裕があったのだろう。

重盛は遠い目になった。天窓から射している光が美しい。

三隅に視線を戻した。

「あなたが犯行を否認した理由をずっと考えてました」

やはりこれから尋ねるしかない。

だが三隅は薄笑いを浮かべるばかりで、口を開こうとしない。

重盛は懺悔するように言葉を継いだ。

「殺害を否認すれば、彼女に、咲江さんに、辛い証言をさせずにすむ」

三隅はやはり黙っている。

「そう考えた。そう考えてわざと否認を……」

すると三隅が笑顔のまま「重盛さん」と呼びかけた。

「は？」

「それは僕への質問ですか？」

三隅の問いかけに重盛は苦笑した。

「質問になってないか」

「私からもひとつ質問してもいいですか？」

三隅に聞かれて、重盛は心許ない気持ちになっていた。だが小さくうなずく。

三隅は微笑んだまま、尋ねる。

「あなたはそう考えたから、私の否認に乗ったんですか？」

重盛はうなずいてから尋ね返した。

「ええ、違うのかな？」

三隅は一瞬、無表情になった。そして悲しげな顔を覆い隠すように笑みを浮かべた。

その笑みを見ながら、重盛は次第に不安になっていった。否定される予感があった。

三隅は本当に山中社長を殺していないのではないか、と重盛は思った。

だから三隅は悲しげな顔になった？　俺が三隅を信用しなかったから……。本当に殺していないのか。だとすると、本当の犯人は……。

「でも、いい話ですね」

三隅がしみじみとつぶやいた。重盛はますます不安が募っていく。吐き気がしてくる。

「それはいい話だ」

咲江を傷つけないように死んでいくのか。それとも咲江の殺人を背負って死んでいくのか。

三隅は微笑のままで続けた。

「私はずっと、生まれてこなければよかった、と思ってました」

「なぜ、ですか?」

「私は傷つけるんです。いるだけで、まわりの人を」

傷つける? 三隅に殺害された3人のことではないのか? その殺人に絡んで不幸になった三隅の娘も、不幸に死んでいったという三隅の妻、父親、母親。さらに保険金殺人の罪を着せられそうになった美津江。咲江を救うためと思いこんだ重盛も巻きこまれ、殺人の片棒を担がされている。

穏やかな表情を浮かべたまま、三隅は続ける。

「でも、もし、今、重盛さんが話したことが本当なら、こんな私でも役に立つことができる」

もし？　本当なら？　役に立つ？　重盛は翻弄されていた。尋ねずにいられない。

「それがたとえ、人殺しでも？」

三隅は鷹揚にうなずいた。

「ええ、もし本当なら……ですけどね」

本当なら？　殺したのか、殺していないのか、ただ煙に巻こうとしているのか、と重盛はいぶかしんだ。三隅の表情から何かを読み取ろうとする。微笑があるが、まったく何も感じられない。空疎だった。初めて接見した時と同じだ。

だが重盛は必死ですがりつきたくなる衝動と戦っていた。ひとり相撲だったというのか。突き放そうとしているのか。本当に三隅は殺人の衝動を生まれつき持った狂人なのか。それとも殺人の罪をかぶっただけの男なのか。

重盛は確認せずにはいられなかった。

「それは、つまり、僕がそう思いたいだけってことですか？」

「だめですよ、重盛さん……」

そういって三隅は小さく鼻で笑ってから楽しげに続けた。

「僕みたいな人殺しに、そんなことを期待しても」

父親が重盛に告げた。殺人を犯す者は生まれつきだ、という趣旨の言葉を思い出していた。

三隅は自分でその言葉を肯定した。〝人殺し〟は普通の人間ではない、と。三隅は生まれつき殺人の欲求を抱いているのだ。三隅は裁こうとしているのではない。三隅はだれかの殺意を察知すると、その空っぽの器に殺意を入れて〝実行〟する。本当の意味で重盛は留萌の元刑事のいっていた〝空っぽの器〟の意味がわかったような気がした。

「あなたはただの器？」

もし、本当に三隅が自分の心を読んでいたのだ、としたら、これで通じるはずだった。

すると三隅は首をかしげた。

「なんですか？　器って」

重盛は〝なんでもない〟というように首を振った。小さく小刻みに。

そしてゆっくりとパイプ椅子の背もたれに背を預けた。

もう何もいえなくなった。

三隅はそんな重盛を微笑を浮かべて見つめていた。

拘置所を出て、タクシーを呼ぶのも忘れて、重盛は歩き出した。

重盛が描いていた〝絵〟は三隅に鼻で笑われて消し飛んだ。

重盛は自分がどこに向かって歩いているのかを意識していなかった。電車に乗るなら最寄り駅の港南中央を目指していなければならないのだが、あてどなくさまよっていた。

さまよいながらこれまでに見聞きした断片が渦のように頭のなかに押し寄せる。

留萌の事件での放火、「三隅さんがたき火をしていて」という咲江の言葉。「こんなことしたヤツなんだ」と激昂した摂津が見せた焼け焦げた社長の写真、工場の裏庭でたき火……。

ひとつの事実を思い出したのだ。三隅の父親は、三隅が高校生の頃に火事で亡くなっていた。自宅の火事だった。火事の原因は不明だ。

三隅が火を放って殺したのではないか。

やはり三隅には殺人の衝動があるのだ。やすやすとその一線を越えられる〝生まれつきの素地〟が……。

今自分は、昊営者として三隅を切り捨てようとしていた……。

重盛は愕然とした。

重盛も間接的とはいえ人を殺している。死刑の求刑を減刑することができずに死刑台に送った依頼人たち。だが、彼らの顔を思い出すこともできない。

彼らを殺したという認識が重盛にはまったくなかった。

三隅はすべての罪を背負うようにして死んでいく。

だがそれを三隅自身が否定したのだ。重盛はそう確信していた。

そもそも咲江は本当に救い守るべき存在なのか。三隅は殺人を否認した。咲江は、本当は直接、父親を殺害した可能性も残っている。父親の殺害を目的に三隅に近づいて籠絡《ろうらく》して……。レイプを証言するといい出したのも、三隅を救うためではなく、自分に殺害の嫌疑がかからなくするための目くらましではなかったか？　いや、そもそもレイプもなく、別の目的があって父親を殺す必要があった……。

だがそれらを暴くことが必要か？　裁く意味があるのか？

ひとりの少女が繰り返されるレイプから救われた。その一点がすべてではないのか。

重盛は、司法制度のもと導かれた〝真実〟を否定し始めている自分に驚いていた。

三隅は冷笑を浴びせかけて自身の〝善意〟を否定した。なぜだ？　本当に殺していないのか？

三隅の二度目の殺人は、実行犯も犯行の動機もはっきりしない。救ったのか裁いたのかもわからない。

しかしいずれにしろひとつだけたしかなことは、〝三度目の殺人〟には間違いなく重盛が加担しているということだ。

重盛の心にも器があった。そこに三隅の殺意を入れたのだ。


重盛は立ち止まって天を仰いだ。

青い空に雲がたなびいている。のどかな春の空だ。

だがその下に電線が何本も重なっている。

重盛が見上げた電線が十字に交差していた。

「本当のことに興味はないんだ、重盛さんに」

三隅の冷笑が蘇った。

〝本当のこと〟。

……かつては、まったく興味がなかった。

重盛は自分が十字路の真んなかに立っていることに気づいた。身動きができずに十字の中央で立ち尽くす。

三隅の微笑み、咲江の嘘、結花の頬を伝う涙のわけ……。

どれもわからない。

人は人を理解することなどできない。

「ここではだれも本当のことを話さない」

咲江の言葉が何度もこだまのように頭のなかでリフレインする。

重盛は十字架を背負ってしまった。

三隅を知る前には、重盛は戻れない。これからもまた、法廷で依頼人を有利にするための〝絵〟を描けるだろうか。

いや、絵を描いたとしても、その背後にある〝本当のこと〟を無視できるのか？

その時、三隅と咲江の姿がちらつかないか？


重盛は空っぽの器に何を入れるべきかわからなかった。

俺はどちらに進むのだろうか。

そう思いながら重盛は十字路の真んなかに立ち尽くし、進むべき道を求めた。

『……今度こそ、本当のことを教えてくれよ』

この物語はフィクションです。作中に同一の名称があった場合でも、
実在する人物、団体等とは一切関係ありません。

宝島社
文庫

三度目の殺人　（さんどめのさつじん）

2017年9月20日　第1刷発行

著　者　是枝裕和
　　　　佐野 晶
発行人　蓮見清一
発行所　株式会社 宝島社
〒102-8388　東京都千代田区一番町25番地
電話：営業 03(3234)4621／編集 03(3239)0662
http://tkj.jp
印刷・製本　株式会社廣済堂

ISBN 978-4-8002-7347-5

『このミステリーがすごい！』大賞 シリーズ

宝島社文庫

彼女はもどらない

降田《ふるた》 天《てん》

人気ブロガーに批判的なコメントをしたことから、ネット上で陰湿なストーカー被害に遭うようになった編集者の楓と、家庭や職場でのストレスを解消するため、ブログで執拗に絡んできた女を破滅に追い込もうとする官僚の棚島。悪意が連鎖し、匿名の二人が交叉するとき、衝撃の結末が！

定価：本体640円＋税